टीम वर्क
संघ की शक्ति

The easiest way to success

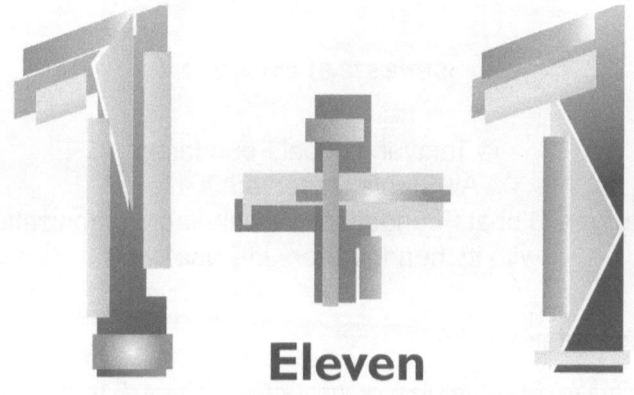

Eleven

हर लक्ष्य प्राप्ति का आसान तरीका

बेस्टसेलर पुस्तक 'विचार नियम' के रचनाकार **सरश्री**
की शिक्षाओं पर आधारित

टीम वर्क
संघ की शक्ति

By Tejgyan Global Foundation

प्रथम आवृत्ति : जुलाई 2019

प्रकाशक : वॉव पब्लिशिंग्ज् प्रा. लि., पुणे

ISBN : 978-81-84156-23-2

© Tejgyan Global Foundation
All Rights Reserved 2019.
Tejgyan Global Foundation is a charitable organization with its headquarters in Pune, India.

© सर्वाधिकार सुरक्षित

वॉव पब्लिशिंग्ज् प्रा. लि. द्वारा प्रकाशित यह पुस्तक इस शर्त पर विक्रय की जा रही है कि प्रकाशक की लिखित पूर्वानुमति के बिना इसे व्यावसायिक अथवा अन्य किसी भी रूप में उपयोग नहीं किया जा सकता। इसे पुनः प्रकाशित कर बेचा या किराए पर नहीं दिया जा सकता तथा जिल्दबंद या खुले किसी भी अन्य रूप में पाठकों के मध्य इसका परिचालन नहीं किया जा सकता। ये सभी शर्तें पुस्तक के खरीददार पर भी लागू होंगी। इस संदर्भ में सभी प्रकाशनाधिकार सुरक्षित हैं। इस पुस्तक का आंशिक रूप में पुनः प्रकाशन या पुनः प्रकाशनार्थ अपने रिकॉर्ड में सुरक्षित रखने, इसे पुनः प्रस्तुत करने की प्रति अपनाने, इसका अनूदित रूप तैयार करने अथवा इलेक्ट्रॉनिक, मैकेनिकल, फोटोकॉपी और रिकॉर्डिंग आदि किसी भी पद्धति से इसका उपयोग करने हेतु समस्त प्रकाशनाधिकार रखनेवाले अधिकारी तथा पुस्तक के प्रकाशक की पूर्वानुमति लेना अनिवार्य है।

Team Work
Sangh Ki Shakti

पुस्तक समर्पित है उस संगठन शक्ति को, जिसकी ऊर्जा से विभिन्न स्तरों के लोग एकजुट होकर कठिन से कठिन कार्य कर गुजरते हैं।

- विषय सूची -

प्रस्तावना	एक और एक – कितने? गोपनीय ग्रुप सिद्धांत	7
खण्ड 1	संघ में तालमेल और समझ	11
भाग 1	एकता का बल	13
भाग 2	टीम में रखें दो गुणों की नींव	17
भाग 3	लक्ष्य और कार्ययोजना	22
भाग 4	समस्या अनेक, उपाय एक	27
भाग 5	कम्युनिकेशन और प्लैट्फॉर्म	34
भाग 6	समानुभूति की भावना	38
भाग 7	टीम लीडर की भूमिका	42
खण्ड 2	संघ में होनेवाली गलतियाँ	47
भाग 8	सबसे बड़ी गलती से कैसे बचें	49
भाग 9	दोष दृष्टि न रखें	53
भाग 10	एक खेल जिसका अंत नहीं	58
भाग 11	पीठ पीछे बुराई या पूर्णता	62

भाग 12	रिजिड न बनें	68
भाग 13	मतभेद, मनमुटाव न बनें	73
भाग 14	कमजोरियों को मज़ाक न बनाएँ	77
भाग 15	वफादार और पारदर्शी बनें	81
खण्ड 3	**विकास के लिए मार्गदर्शन**	**85**
भाग 16	जैसी संगत वैसी रंगत	87
भाग 17	संघ के लाभ	91
भाग 18	संघ में कार्यसूची, नियम और वचन	96
भाग 19	ग्रुप के २६ संकल्प	101
परिशिष्ट	**अपने साथ संघ**	**107**
भाग 20	मन के साथ संग	109
भाग 21	अपने असली स्वरूप के साथ संघ	113

एक और एक – कितने?
गोपनीय ग्रुप सिद्धांत

उच्च लक्ष्य प्राप्त करने का मंत्र है- संघ* में कार्य करना। एक इंसान कह सकता है कि उसे संघ की ज़रूरत नहीं है। इसका अर्थ यह नहीं कि वह गलत है बल्कि इसका अर्थ है कि उसका लक्ष्य बड़ा नहीं है। वह थोड़े में ही खुश हो गया है। जिसे संघ की शक्ति के बारे में पता ही नहीं है तो वह उसके लिए क्या कह पाएगा? जो बड़े लक्ष्य साफ-साफ देख पाता है, वह यह भी देख पाता है कि इसमें संघ की भूमिका कितनी महत्वपूर्ण है। आइए, जानते हैं कि उच्चतम लक्ष्य प्राप्ति में संघ कैसे काम में आता है।

कोई अगर आपसे पूछे कि १ और १ कितने होते हैं? तो आपने जो गणित का तरीका सीखा है, उसके अनुसार आप

---

*इस पुस्तक में टीम के लिए ग्रुप, संघ या समूह शब्द का प्रयोग किया गया है।

कहेंगे, १ + १ = २ होता है। इंसान की बुद्धि से हमेशा यांत्रिक जवाब ही आते हैं। लेकिन कुछ जवाब तर्क के परे होते हैं। जैसे तर्क के परे का एक जवाब है, १+१=११। जब ऐसा कहा जाता है तब वहाँ वस्तुओं का जोड़ नहीं होता बल्कि इंसानी बल, बुद्धि, क्षमता और भावनात्मक शक्ति का जोड़ होता है और यह जोड़ ११ तक ही सीमित नहीं है। यदि लोग बदल जाएँ तो यह जोड़ इससे आगे १११, ११११ भी हो सकता है और यह संभव है।

हर इंसान की बल, बुद्धि, क्षमता अलग-अलग है। जिन दो लोगों का जोड़ हो रहा है, उनकी क्षमता पर निर्भर करता है कि जोड़ कितना होगा। महाभारत में १०० कौरवों के सामने श्रीकृष्ण और अर्जुन दोनों मिलकर १११ के बराबर थे। जहाँ श्रीकृष्ण उच्च चेतना में स्थित थे तो अर्जुन एक आज्ञाकारी शिष्य थे। अगर श्रीकृष्ण और अर्जुन की जगह भगवान राम और भक्त हनुमान की जोड़ी ली जाए तो जोड़ होगा- ११११ या कहें अनंत... जिसकी कोई सीमा नहीं। क्योंकि दोनों ही उच्च चेतना में स्थित हैं। यह गणित विज्ञान की समझ में नहीं आ सकता। जब अहंकार हटता है तब १+१=१ होता है। इस १ में सारे समाए होते हैं।

इस आधार पर कल्पना कीजिए, यदि एक टीम के सभी सदस्य उच्च चेतना के हों तो उनका जोड़ वास्तविक जोड़ से कितने गुना ज़्यादा होगा!!

ऐसे लोग जब एकजुट होकर संघ में कार्य करेंगे तो कार्य की गुणवत्ता कैसी होगी और कितने चमत्कारिक परिणाम आएँगे! ऐसे जागृत और विवेकशील संघ में कितने भी सदस्य क्यों न हों, उनका जोड़ एक ही होगा। वहाँ कार्य का संचालक एकमेव सोर्स ही होगा। यह है संघ की उच्चतम संभावना।

असल में मुट्ठीभर उच्च चेतना के लोग विश्व की चेतना बढ़ाने के लिए काफी हैं। उनके बीच जो रचनात्मक ऊर्जा निर्मित होती है, उससे नवनिर्माण को रास्ता मिलता है। जिससे दुगने से भी कई गुना ज़्यादा कार्य होता है। ऐसा संघ पूरा विश्व बदलने की क्षमता रखता है।

एक अकेले इंसान को कोई कठिन कार्य करने के लिए कहा जाए तो वह उसे पहाड़ जैसा दिखाई देता है। इतने बड़े कार्य को अकेले करने के विचार से ही उसकी आधी शक्ति खत्म हो जाती है। मगर उसके साथ केवल एक साथी जुड़ जाए तो उसका हौसला बुलंद हो जाता है। उसके मन में उत्साह का संचार होता है और उसके भीतर दस लोगों का बल समा जाता है। फिर उसके लिए परिश्रम बोझ नहीं,

मौज बन जाता है। यही है जोड़ की शक्ति... यही है सफल टीम का गोपनीय ग्रुप सिद्धांत। यही ११ का जोड़ हमें इस पुस्तक से समझना और सीखना है।

जैसा कि सभी जानते हैं एक लकड़ी तोड़ना आसान है मगर लकड़ियों का गट्ठा तोड़ना मुश्किल। यही बात टीम के साथ भी लागू होती है। एक इंसान टूट सकता है, निराश हो सकता है लेकिन टीम का जोड़ बेजोड़ है। इसे तोड़ना मुश्किल है। टीम वर्क एक अद्भुत ऊर्जा का भंडार है। जिसमें एक इंसान दूसरे को, दूसरा तीसरे को अपनी ऊर्जा पास-ऑन करता है। इससे ऊर्जा की एक चेन तैयार हो जाती है, जो सभी को एक सूत्र में बाँधे रखती है। टीम में यदि किसी कारणवश काम में सफलता न भी मिले तो सभी मिलकर उस दुःख को बाँट लेते हैं। एक-दूसरे को उत्साहित करते हुए, फिर से अपना कार्य पूरे जोश के साथ शुरू करते हैं।

इस पुस्तक में विश्व में चलनेवाली 'बेस्ट प्रैक्टिसेस' का जिक्र किया गया है ताकि आप संघ में कार्य करने की पद्धति आत्मसात कर लें। इस ज्ञान से आप बेहतरीन संघ बना पाएँगे या आपके मौजूदा संघ में बेहतरीन योगदान दे पाएँगे।

'टीम' शब्द पढ़कर कोई यह न समझे कि यह पुस्तक केवल कंपनी या ऑफिस में काम करनेवाली टीम के लिए है। यह पुस्तक उन सभी के लिए है, जो किसी न किसी रूप से टीम (संघ, ग्रुप, समूह) से जुड़े हैं। फिर चाहे वह ग्रुप किसी विशेष मकसद को ध्यान में रखकर बनाया गया हो; जैसे- स्वास्थ्य विकास, आत्मविकास, आध्यात्मिक विकास, समाजसेवा आदि या किसी व्यवसायी कारण के लिए बनाया गया हो; जैसे स्पोर्ट्स टीम, कॉर्पोरेट टीम आदि। इसके अलावा परिवार, मित्र, रिश्तेदारों के संघ में रहनेवाले लोग भी इसका लाभ ले सकते हैं। एक गृहिणी के लिए परिवार उसका संघ हो सकता है तो विद्यार्थी के लिए उसके मित्र।

अब आपको तय करना है कि आपके लिए १+१= कितना हो!! २, ११, १११ या ११११? इस लक्ष्य को निश्चित करके पुस्तक का पठन शुरू करें।

आप जिस भी टीम में कार्यरत हैं, मन ही मन उसके संचालक बन, स्वयं से शुरुआत करें। यह पहल आपके भीतर संतुष्टि की भावना लाएगी, जो आगे चलकर सभी के लिए आनंद का कारण भी बनेगी।

...हॅपी थॉटस्

किस भाग में क्या पढ़ें

इंसान हमेशा संघ में रहकर कार्य करता है। चाहे वह घर-परिवार में हो या अधिकारिक रूप से किसी ग्रुप के साथ जुड़ा हो। जैसे स्कूल-कॉलेज में पढ़ाना, व्यवसाय या कोई अन्य नौकरी। ऐसे में यदि सभी ग्रुप की शक्ति का महत्त्व जानकर कार्य करेंगे तो वह कार्य पहले से कई गुना बेहतर होगा और इंसान के लिए बड़े लक्ष्य हासिल करना भी आसान हो जाएगा। चलिए, एक नज़र डालें कि आपकी जरूरतों का मैटर किस खण्ड के किस भाग में है।

१. यदि आप संघ में कार्य करने के लाभ जानना चाहते हैं तो सबसे पहले खण्ड 3 का भाग 17 पढ़ें।

२. खण्ड 1 में संघ में काम करने के लिए आवश्यक गुणों का समावेश किया गया है, इन्हें पढ़कर आप एक अच्छे टीम प्लेयर बन सकते हैं।

३. यदि आप किसी टीम का नेतृत्व कर रहे हैं या करना चाहते हैं तो पढ़ें, खण्ड 1 का भाग 7।

४. संघ में काम करते हुए होनेवाली गलतफहमियों तथा मनमुटाव से बचने के लिए पुस्तक का खण्ड 2 विस्तार से पढ़ें।

५. संघ में एकता बनाए रखने के लिए जिन नियमों और वचनों का पालन करना चाहिए, इसकी जानकारी पढ़ें खण्ड 3 के भाग 18 में।

६. ग्रुप के सभी सदस्यों द्वारा जिन संकल्पों को उठाने की ज़रूरत है, उसका मार्गदर्शन खण्ड 3 के भाग 19 में दिया गया है।

अब देर किस बात की है... अपनी ज़रूरत के अनुसार खण्ड खोलकर पुस्तक का पठन शुरू कीजिए...।

खण्ड १
संघ में तालमेल और समझ

क्या आपने कभी ऐसे लोगों के बीच कार्य किया है, जो पूरी सामंजस्यता के साथ काम करते हैं?

यदि 'हाँ' तो आपने देखा होगा कि उनका आपसी तालमेल इतना गहरा होता है कि उस टीम का केवल बेहतरीन प्रदर्शन ही दिखाई देता है। इसके पीछे मुख्य कारण है- आपसी तालमेल और समझ।

जहाँ तालमेल नहीं होता, वहाँ लोगों में असहमती होती है। जिस वजह से वे कहते रहते हैं कि 'टीम में यह कार्य नहीं होना चाहिए, वह नहीं होना चाहिए, ऐसा होता तो कितना अच्छा होता, वैसा होता तो ठीक होता...' आदि। इस विरोध के चलते संघ में सभी एक-दूसरे की बातें काटने में लग जाते हैं, जो उनके अवगुणों और नासमझी को दर्शाते हैं। जिसका बुरा असर टीम और उसके लक्ष्य पर पड़ता है।

इसके विपरीत संघ में जब तालमेल और आपसी समझ है तो वे सहमती से कार्य कर पाते हैं। जिससे वह कार्य आसानी से और बेहतर तरीके से हो पाता है। क्योंकि उनमें कोई प्रतिरोध नहीं होता और वे कम समय में लक्ष्य प्राप्त कर पाते हैं।

आइए, इस खण्ड में जानें कि संघ में तालमेल बढ़ाने के लिए कौन सी समझ और गुणों को अपनाएँ ताकि आप एक अच्छे 'टीम प्लेयर' बन पाएँ।

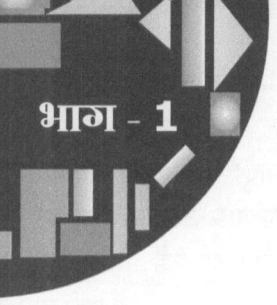

भाग - 1

एकता का बल

यूनियन इज स्ट्रेंथ... यूनाइटेड वी स्टैंड, डिवाइडेड वी फॉल... एकता में बल है... इस तरह की कई कहावतें आपने सुनी होंगी और उसे अनुभव भी किया होगा। लेकिन उन्हें जीवन में उतारना कई बार मुश्किल हो जाता है। वजह है, उसके बारे में गहराई से सोच न पाना। यह पुस्तक आपको एकता के बल को समझकर, उस पर अमल करने का मौका दे रही है।

मनुष्य के पारिवारिक, सामाजिक और व्यवसायिक क्षेत्र में एकता का नियम लागू होता है। यदि 'एकता' टीम के सफलता की कुँजी है तो क्यों न इस कुँजी का सही उपयोग किया जाए! क्यों न इससे सफलता का ताला खोला जाए!! इसके लिए दूर करनी होगी आपसी असहमति। किसी भी कीमत पर टीम की एकता को दाँव पर न लगाना ही एक मज़बूत टीम का रहस्य है।

बचपन में सुनी हुई कबूतरों का शिकारी के जाल में फँसनेवाली कहानी आज भी बड़ा रिमाइंडर देती है। वरना टीम में मतभेद या संघर्ष हो तो टीम कमज़ोर होकर जल्द ही बिखर सकती है।

कल्पना कीजिए, कबूतरों ने एकता का परिचय न दिया होता तो क्या हुआ होता? एक कबूतर कहता, 'चलो, हम सब मिलकर एक साथ उड़ते हैं, एकजुट होकर जोर लगाते हैं ताकि शिकारी के चंगुल से बच पाएँ।' तब दूसरा कहता, 'यह कैसे संभव है? हम कितने छोटे... इतने बड़े जाल का बोझ उठाकर भला हम कैसे उड़ सकते हैं...?' तीसरा कबूतर कहता, 'जाल उठाकर हम उड़ें भी तो क्या फायदा? दूसरी जगह पहुँचकर हमारे पैर तो जाल में ही अटके रहेंगे न... ये नहीं तो कोई और शिकारी हमें पकड़ लेगा... आज़ाद तो हम होंगे नहीं...। इससे बेहतर है, यहीं चुपचाप पड़े रहें...।'

इस तरह कबूतरों का झुंड शिकारी के जाल में फँस जाता, आज़ादी तो दूर की बात होती।

जब टीम में किसी बात पर सभी सदस्य सहमत नहीं होते या अलग-अलग दिशा में सोचते हैं तब टीम की एकता भंग हो जाती है। इससे कार्य या समस्या का समाधान मिलने में ज़्यादा समय चला जाता है।

कबूतरों के साथ ऐसा नहीं हुआ क्योंकि उन्होंने मिलकर एक साथ उड़ने की कोशिश की और वे सफल हुए। हालाँकि उड़ते वक्त उन्हें पता भी नहीं था कि जाल से वे अपने पैर कैसे छुड़ानेवाले हैं। उन्होंने तो बस एकमत से शुरुआत की और रास्ता मिलता गया...।

यही है सांघिक एकता की ताकत, जिससे नामुमकिन लगनेवाले कार्य मुमकिन हो जाते हैं। जब मिलकर कार्य की शुरुआत की जाती है तब समाधान भी मिलने लगता है। 'मैं अकेला नहीं बल्कि मेरे साथ इतने सारे लोग हैं', यह विचार ही संघ में हरेक को बल और प्रेरणा देता है।

संघ में कुछ कार्य ऐसे भी होते हैं, जो सबके सहयोग के बिना पूरे नहीं किए जा सकते। अकेले ही कार्य को अंजाम देना इंसान के बस की बात नहीं होती। जैसे पुस्तक बनने की प्रक्रिया ही ले लीजिए। उसमें लेखक, संपादक, डी.टी.पी. डिजाइनर, प्रकाशक, वितरक आदि लोगों की सहमति, शक्ति और योगदान अनिवार्य है तभी पुस्तक सभी आयामों से उत्कृष्ट बनकर, सब तक पहुँचती है।

हालाँकि टीम बिल्डिंग या संघ में काम करने का नैतिक ज्ञान छोटी कक्षाओं में ही दिया जाता है। लेकिन बड़े होने पर इंसान को कदम-दर-कदम दूसरों से

प्रतिस्पर्धा करनी पड़ती है। अपने आपको बेस्ट साबित करने के चक्कर में वह दूसरों को नीचा दिखाने में कोई कसर नहीं छोड़ता। ऐसे में एकजुट होकर काम करने की भावना रफूचक्कर हो जाती है। लोग एक-दूसरे की टाँग खींचने में ही लगे रहते हैं।

इन सबके चलते लोग अलग-अलग दिशा में अपने ही तरीके से कार्य करना पसंद करते हैं। जिससे संघ की ऊर्जा अलग-अलग दिशाओं में बिखर जाती है।

सभी जानते हैं, 'बंद मुट्ठी लाख की, खुल गई तो खाक की' यानी हाथों की पाँचों उँगलियाँ जब एक साथ अंदर की तरफ मुड़ती हैं तब मुट्ठी बनती है और शक्ति तैयार होती है। तब छोटी उँगली छोटी नहीं रहती और मोटी उँगली सुस्त नहीं रहती बल्कि सभी उँगलियाँ मिलकर एक शक्तिशाली मुट्ठी में परिवर्तित हो जाती हैं।

टीम में हरेक की खूबियाँ, हुनर जब साथ में मिलते हैं तो एक बेहतरीन प्रदर्शन किया जा सकता है। इसलिए संघ में एकता के बल का महत्त्व जानकर, उसे एक ही दिशा में लगाने के लिए कार्य करें। संघ में एकता बनाए रखने के लिए चार कदम अपनाएँ।

१. 'हम' की सोच :

संघ वह विद्यालय है, जो इंसान को 'मैं' की सोच और भावना से ऊपर उठाकर 'हम' की ऊर्जा और शक्ति से परिचित करवाता है। साथ रहकर, साथ मिलकर कार्य करने की कला को साकार करता है। इसलिए संघ में कार्य करते हुए 'हम' की सोच अपनाएँ। उसे वाणी में लाएँ, 'मैं' कहने की बजाय 'हम' शब्द का प्रयोग करें।

२. व्यक्तिगत जुड़ाव (पर्सनल टच) :

टीम में सभी सदस्य एक-दूसरे के साथ व्यक्तिगत विचारों का आदान-प्रदान करें ताकि सभी एक-दूसरे के सुख-दुःख में भी शामिल हो पाएँ। अपने जीवन में या कार्य में आनेवाली समस्याएँ एक-दूसरे को बताएँ, उन पर मिलकर हल निकालें। इससे सभी को टीम के साथ जुड़ाव महसूस होगा। साथ ही टीम में एकता और अपनेपन की भावना बढ़ेगी।

३. आपसी मेलजोल :

टीम में आपसी मेलजोल बढ़ाने के लिए बीच-बीच में किसी कार्यक्रम का

आयोजन करें। जैसे- जब कोई प्रोजेक्ट या बड़ा कार्य पूरा हो जाए या कोई विशेष सफलता मिले तो एक साथ मिलकर आउटिंग के लिए जाएँ। या महीने में एक दिन निश्चित करके, उस महीने में जिन सदस्यों का जन्मदिन हो, उसे मिलकर मनाएँ।

४. **आंतरिक जुड़ाव की समझ :**

टीम में एकता बढ़ाने के लिए यह समझ बहुत ही महत्वपूर्ण है कि असल में विश्व में सभी आंतरिक स्तर पर जुड़े हुए हैं।

आपने कई बार महसूस किया होगा कि आप सामनेवाले को कुछ बताना चाहते थे और उसी वक्त उसने भी वही बात कह डाली। यह कैसे हुआ? दरअसल बाहर से भले ही सभी अलग-अलग दिखते हैं मगर सभी के अंतर्मन एक-दूसरे से जुड़े हुए हैं। बिलकुल वैसे ही जैसे बिजली के एक खंभे में लगी हुई तार, दूसरे खंभे के साथ जुड़ी हुई होती है और वहीं से बिजली सबके घरों तक पहुँचती है।

हर इंसान बिजली के खंभे की तरह है, वह जो भाव या विचार रखता है, उसे सामनेवाले का अंतर्मन पकड़ लेता है। यही कारण है कि कुछ लोगों से मिलकर आपको अच्छा महसूस होता है तो कुछ लोगों से मिलकर आपमें नकारात्मक भाव जगते हैं। इसलिए संघ में सभी के लिए अच्छे भाव रखें। एकता की ताकत को सही दिशा में लगाकर, एक-दूसरे की सहायता करें ताकि संघ की शक्ति सफलता के शिखर पर पहुँच सके।

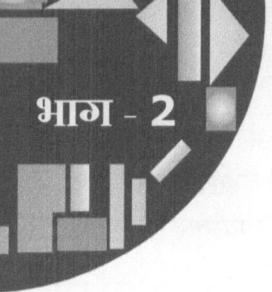

भाग - 2

टीम में रखें दो गुणों की नींव

आपने दही हंडी का उत्सव प्रत्यक्ष रूप में या किसी फिल्म में देखा होगा। यह उत्सव जन्माष्टमी के अवसर पर बड़ी धूमधाम से मनाया जाता है। इस में कई लोग एक साथ मिलकर ऊँचाई पर बँधी मटकी तोड़ते हैं। मटकी जितनी ऊपर होती है, उसे तोड़ने के लिए उतने ही ज़्यादा लोगों की आवश्यकता होती है।

मटकी तोड़ने के लिए टीम के लोग पिरामिड का आकार बनाते हैं, जिसमें सबसे नीचे यानी पहले स्तर पर १०-१२ लोग मिलकर एक गोल बनाते हैं, फिर उनके ऊपर ७-८ लोग, फिर ४-५ और अंत में सबसे ऊपर चढ़कर कोई एक सदस्य मटकी तोड़ता है।

गौर करने पर समझ में आएगा कि यह पूरा खेल आपसी तालमेल और विश्वास पर निर्भर होता है। सफलतापूर्वक एक के ऊपर एक खड़े होने में टीम का आपसी तालमेल और विश्वास बहुत ज़रूरी होता है। ऐसे में अगर उनमें से किसी एक का विश्वास थोड़ा भी डगमगा जाए या उनका आपस में तालमेल छूट जाए तो मटकी तक

पहुँचनेवाला पिरामिड भी एक क्षण में गिर जाता है।

यही बात टीम के साथ भी लागू होती है। यदि कभी किसी से कोई छोटी गलती भी हो जाए तो उसका हर्जाना पूरी टीम को भुगतना पड़ता है। इस गलती से बचने के लिए आइए, विश्वास और तालमेल के महत्त्व को विस्तार से समझते हैं।

विश्वास की अहमियत :

दही हंडी में बनाए जानेवाले पिरामिड को ह्यूमन पिरामिड कहा जाता है, जिसकी नींव होती है 'विश्वास'। विश्वास एक ऐसी भावना है, जिससे टीम में सदस्य एक दूसरे पर निर्भर रहकर, सुरक्षित महसूस करते हैं। नतीजन वे खुलकर कार्य करने, उचित जोखिम उठाने तथा कमज़ोरियों को जड़ से मिटाने के लिए तैयार होते हैं।

आपसी विश्वास ही वह गुण है, जो दही हंडी के खेल में टीम के सदस्यों को एक के ऊपर एक खड़े रहने में सहायक सिद्ध होता है। जैसे सबसे ऊपर चढ़नेवाले को नीचे खड़े लोगों पर विश्वास होता है कि अगर वह गिर गया तो संघ के लोग उसे सँभाल लेंगे। अगर ग्रुप में ऐसा विश्वास ही न हो तो ह्युमन पिरामिड टिक नहीं पाएगा।

संघ चाहे छोटा हो या बड़ा, यदि उसमें अविश्वास है तो वह कई सारी समस्याओं को जन्म देता है।

उदाहरणतः कई बार कंपनियों में लीडर को टीम मेंबर पर या टीम मेंबर्स को अपने सहकर्मियों पर भरोसा नहीं हो पाता है। इसी कारण देखा जाता है कि टीम में, कोई एक सदस्य ऐसा होता है, जो सारा काम खुद ही करना पसंद करता है।

केवल विश्वास की कमी के कारण कई टीम लीडर, अपने काम टीम मेंबर्स को सौंप ही नहीं पाते। उन्हें भरोसा ही नहीं होता कि दूसरे फलाँ काम को सही तरीके से और समय पर पूरा कर पाएँगे।

कई बार इससे कोई फर्क नहीं पड़ता कि संघ में लोग कितने सक्षम या प्रतिभाशाली हैं। यदि लीडर का टीम पर या टीम का अपने लीडर पर विश्वास न हो तो वे कभी भी अपनी पूरी क्षमता का उपयोग नहीं कर पाते। कंपनी को भी उनके गुण तथा प्रतिभा से वंचित रहना पड़ता है। जिसके परिणामस्वरूप ऐसे प्रतिभाशाली लोग कुछ ही समय में संघ छोड़कर जा भी सकते हैं।

याद रहे, विश्वास ही लोगों को जोड़े रखता है। बिना विश्वास के कोई टीम

बन नहीं सकती। इसलिए शुरुआत में थोड़ा विश्वास रखकर कार्य की शुरुआत करें। जैसे एक दृष्टिहीन इंसान को अपने मददगार पर विश्वास रखना होगा तभी वह आगे बढ़ पाएगा। वैसे ही संघ में लोगों पर विश्वास रखकर अपने लक्ष्य की तरफ बढ़ा जा सकता है।

संघ में आपसी विश्वास बढ़ाने के लिए हरेक को अपनी विश्वसनीयता बढ़ानी होगी यानी अपने आपको भरोसे के काबिल बनाना होगा। खुद में वचनबद्धता का गुण लाना होगा।

विश्वसनीय बनने के लिए वही वचन दें, जिसे आप निभा सकते हैं। वरना कई बार लोग जोश में आकर कमिटमेंट तो देते हैं मगर समय पर उसे पूरा नहीं कर पाते। टीम में यदि कोई बार-बार ज़िम्मेदारी लेकर उसे पूरा करने से मुकर जाए या कोई न कोई कारण (बहाना) देकर, अपने कामों को टालता रहे तो धीरे-धीरे लोगों का उसके ऊपर से विश्वास उठने लगता है।

इसलिए कोई भी कमिटमेंट देने से पहले सोचें कि आप उस कार्य को पूरा कर पाएँगे या नहीं? अन्यथा साफ और अच्छे शब्दों में काम लेने से मना कर दें। कुछ लोग घर हो या ऑफिस, हर जगह अपने वचन निभाने के लिए सराहे जाते हैं। क्योंकि वे जो बोलते हैं, उसे पूरा करते हैं इसलिए उन्हें विश्वसनीय समझा जाता है। टीम में भी यदि सभी अपनी ज़िम्मेदारी के लिए कमिटेड हैं तो चाहे कितना भी बड़ा कार्य क्यों न हो, उसे सहजता से और समय पर पूर्ण किया जा सकता है।

तालमेल की अहमियत :

संघ में अलग-अलग स्वभाव के लोग होते हैं। हरेक के विचार, आदतें, कौशल भिन्न-भिन्न होते हैं। इसलिए संघ में होनेवाली चर्चाओं और मीटिंग्स में कभी-कभी विचारों का मतभेद होना आम बात है। इस भिन्नता के कारण कई बार लोगों का आपसी तालमेल बिगड़ जाता है। क्योंकि सभी किसी बात को लेकर एकमत नहीं हो पाते। किसी को चर्चा का कोई एक पहलू स्वीकार होता है तो किसी को कोई दूसरा। यह स्वाभाविक भी है। परंतु परिपक्वता और धैर्य की कमी हो तो कभी-कभी यह समस्या बड़ा रूप धारण कर, वाद-विवाद या नुकसान का कारण बन सकती है।

ऐसे में संघ के लोगों का आपस में तालमेल होना बहुत ज़रूरी हो जाता है। जब संघ में एक-दूसरे के प्रति विश्वास होता है तब उनका तालमेल अपने आप बैठ जाता है। क्योंकि वहाँ किसी को विश्वासघात होने का डर नहीं होता। वहाँ गलतफहमी के लिए कोई जगह नहीं होती। इसलिए विश्वास और तालमेल को एक ही सिक्के के दो पहलू भी कहा जा सकता है।

संघ का लक्ष्य जितना बड़ा होता है, उतना ही संघ में तालमेल बनाए रखने की हरेक की ज़िम्मेदारी भी बड़ी हो जाती है। जैसे दही हंडी में पिरामिड बनाते वक्त नीचे खड़े हुए और ऊपर चढ़नेवाले लोगों में तालमेल न हो तो बाकी लोग कभी ऊपर पहुँच नहीं पाएँगे।

कंपनीज में वर्कर से लेकर एम.डी. तक कई लेवल्स पर लोगों की अलग-अलग टीम्स होती हैं। अगर एक भी टीम का तालमेल दूसरी टीम के साथ बिगड़ जाए तो उसका पूरा हर्जाना कंपनी को भुगतना पड़ता है। इसलिए किसी भी संघ में कार्य करते हुए इस बात का विशेष ध्यान रखें कि आप किसी भी पद पर हों, आपका अपनी टीम के साथ तालमेल होना आवश्यक है।

आइए, अब टीम में तालमेल बढ़ाने के कुछ तरीकों को जानें।

१. **खुलकर बातचीत करें** : संघ में तालमेल बढ़ाने के लिए टीम लीडर और मेंबर्स एक-दूसरे से खुलकर बातचीत करें। जब आप खुलकर और साहस के साथ अपने विचार, भावनाएँ और अनुभव टीम मेंबर्स के सामने रखेंगे तब अन्य सदस्य भी खुलने के लिए तैयार हो जाएँगे, जिससे सभी में तालमेल बढ़ेगा। बातचीत में जब कोई अपनी अलग राय प्रस्तुत करे तब उसकी राय को बिना रोक-टोक के सुनें। उसे समझकर पहले समर्थन दें, फिर अपनी बात सबके सामने रखें। इस प्रकार सरलता से एक-दूसरे को समझते हुए, टीम में तालमेल बिठाया जा सकता है।

२. **सभी की सहमति से कार्य करें** : संघ में सभी के विचार तथा दृष्टिकोण अलग होने के कारण कभी किसी बात पर सभी का एकमत होना कठिन हो जाता है। ऐसी परिस्थिति में आपसी तालमेल रखते हुए इसका हल आसानी से निकाला जा सकता है। इसे एक उदाहरण से समझें।

मान लें, संघ में सभी सदस्यों के सुझाव मिलाकर कुल दस बातें सामने आई हों तो कोई सदस्य कहता है, 'इनमें से मैं केवल चार बातों से सहमत हूँ।' कोई कहता है, 'मैं छह बातों से सहमत हूँ' तो कोई कहता है, 'मैं आठ बातों से सहमत हूँ।' ऐसे में कार्य की शुरुआत करने के लिए पहले उन चार बातों को प्राथमिकता दी जाए, जो सभी में कॉमन हैं। इसे मध्यम मार्ग या विन-विन सिच्युएशन भी कहा जाता है। ऐसा करने से हो सकता है कि सहमत हुई बातों पर काम करते-करते लोगों की बची हुई बातों के प्रति भी रुचि बढ़ जाए और वे उन पर कार्य करने के लिए राज़ी हो जाएँ।

क्योंकि जब पहले तय की गई चारों बातें कुशलता और उचित ढंग से पूरी होती हैं तब सभी का विश्वास एक-दूसरे पर पक्का होने लगता है।

इसी प्रकार जब आपके पास किसी कार्य के केवल दो ही विकल्प हैं और उन पर सभी पूरी तरह से सहमत नहीं हैं तब आप तालमेल बनाए रखने हेतु तीसरा विकल्प ढूँढ़ सकते हैं। इस तरीके का इस्तेमाल करके, आप टीम मेंबर्स के आपसी तालमेल को अधिक महत्त्व दे पाते हैं।

इस तरह यदि आप संघ में विश्वास और तालमेल इन दो गुणों की नींव रखेंगे तो आपका संघ आपको विकास की ऊँचाइयों तक ले जा सकता है।

भाग - 3

लक्ष्य और कार्ययोजना

एक मल्टिनैशनल कंपनी के सामने किसी बड़े प्रोजेक्ट को कम समय में पूर्ण करने की चुनौती थी। जिसके लिए चालीस कर्मचारियों की एक टीम बनाई गई। कार्य को समय पर और सही ढंग से पूर्ण करने के लिए लक्ष्य की पूरी स्पष्टता होना और उसके अनुसार कार्ययोजना बनाना आवश्यक था। इसलिए मैनेजमेंट ने उनके लिए एक ट्रेनिंग प्रोग्राम का आयोजन किया।

ट्रेनिंग के दिन टीम के सभी सदस्यों ने जैसे ही हॉल में प्रवेश किया, उन्होंने देखा कि सारा हॉल रंग-बिरंगी रिबन्स और गुब्बारों से सजा हुआ है। उन्हें वह कॉर्पोरेट मीटिंग हॉल के बजाय किसी पार्टी का हॉल प्रतीत हो रहा था।

हॉल के बीचों-बीच एक छोटासा बॉक्स रखा था, जिसमें बिना फुलाए हुए गुब्बारे और धागे रखे थे। ट्रेनर ने सभी को बॉक्स में से एक-एक गुब्बारा लेकर फुलाने के लिए कहा। सभी ने गुब्बारा फुलाकर उसे धागे से बाँध दिया। फिर ट्रेनर ने हरेक को उस गुब्बारे पर अपना नाम सावधानी

से लिखने के लिए कहा।

नाम लिखने के बाद ट्रेनर ने सभी गुब्बारों को इकट्ठा करके दूसरे रूम में रखवाए। उसने टीम को सूचना देते हुए कहा कि 'अब आपको उस रूम से अपने नाम का गुब्बारा लेकर आना है। आप सभी के पास केवल १० मिनट का समय है, जिसमें सभी को अपने-अपने नाम का गुब्बारा मिल जाना चाहिए। ध्यान रहे, हड़बड़ाहट में कोई भी गुब्बारा फूटे नहीं।'

सभी मेंबर्स तुरंत उस रूम में पहुँचे, जहाँ सारे गुब्बारे यहाँ-वहाँ बिखरे पड़े थे। सभी ने अपने नाम का गुब्बारा खोजना शुरू किया। १० मिनट बाद उनमें से सिर्फ चार-पाँच मेंबर्स ही अपने नाम का गुब्बारा लेकर हॉल में लौटे।

इसके बाद ट्रेनर ने टीम को खेल के दूसरे हिस्से के लिए हॉल में बुलाया और कहा कि 'अब फिर से सभी को उस कमरे में जाना है। मगर इस बार आप कोई भी गुब्बारा उठा सकते हैं। जिसका नाम उस पर लिखा हुआ है, उसे वह गुब्बारा दे दें।'

टीम मेंबर्स ने जब ऐसा किया तो देखा कि ५ मिनट के अंदर ही सबके पास अपने नाम का गुब्बारा पहुँच गया। फिर ट्रेनर ने उनसे पूछा कि 'इस खेल से उन्हें क्या सीखने को मिला?'

एक ने कहा, 'इस खेल में सूचना मिलते ही हम बिना सोचे-समझे गुब्बारा ढूँढ़ने में लग गए। इसी तरह हम कंपनी में कोई कार्य मिलने पर तुरंत उसे पूरा करने के पीछे लग जाते हैं। मगर काम को कम समय में और ज़्यादा आसानी से करने के और भी तरीके हो सकते हैं, इस पर हम कभी सोचते ही नहीं।' दूसरे ने कहा, 'हमें कम समय में गुब्बारा ढूँढ़ना था इसलिए हमने यह नहीं सोचा कि इसके लिए भी पहले कोई नियोजन किया जा सकता है।'

ट्रेनर ने उन्हें प्रोत्साहित करते हुए कहा, 'बिलकुल सही समझा आपने! कार्ययोजना के साथ कोई भी कार्य सहजता से और समय पर पूरा किया जा सकता है। इसके अलावा इस खेल में एक और महत्वपूर्ण सीख है- सभी को अपना गुब्बारा मिले, यह लक्ष्य टीम को दिया गया था, न कि सिर्फ अपना गुब्बारा ढूँढ़ने का। लेकिन सभी सिर्फ अपने नाम का गुब्बारा ढूँढ़ने में लग गए यानी आपने लक्ष्य को ठीक से समझा ही नहीं।

जिन लोगों को अपना गुब्बारा तुरंत या कुछ समय बाद मिल गया था, वे

उसे लेकर हॉल में लौट आए, जबकि वे वहीं रुककर अपने बचे हुए समय में औरों की मदद कर सकते थे। चूँकि यह टीम का लक्ष्य था इसलिए इसे पूरा करने की ज़िम्मेदारी हर मेंबर की थी।'

इस तरह सारे मेंबर्स को खेल-खेल में ही टीम के लक्ष्य को स्पष्ट रूप से समझने और कार्ययोजना बनाने की सीख मिली। जो उन्हें न सिर्फ उस प्रोजेक्ट के लिए बल्कि हर प्रोजेक्ट के लिए काम में आनेवाली थी।

आगे चलकर ऐसी टीम परफेक्ट प्लैनिंग के साथ अपना प्रोजेक्ट निर्धारित समय पर पूर्ण करने ही वाली है। आइए, अब उदाहरण में बताए गए गुणों को विस्तार से समझकर, उन्हें टीम में लागू करने का निर्णय लें।

लक्ष्य स्पष्ट होना :

कई कंपनीज में टीम मेंबर्स को 'फलाँ प्रोजेक्ट पूर्ण करना है', यह लक्ष्य स्पष्ट होता है। लेकिन कई बार वह कार्य क्यों करना है, उसका उद्देश्य क्या है, उसे पूर्ण करने या न करने से कंपनी पर क्या असर होनेवाला है, इसकी पूरी जानकारी नहीं होती। इस कारण वे कार्य को सतही तौर पर देखते हैं, उसकी गहराई में नहीं जा पाते। जिससे कार्य की गुणवत्ता पर असर पड़ता है। कई बार लक्ष्य के पीछे का उद्देश्य स्पष्ट न होने के कारण टीम में कुछ लोग अपनी ही मनमानी करने या अपना वर्चस्व दिखाने जैसी छोटी-छोटी बातों में भी लग जाते हैं।

इसी तरह जो लोग किसी ग्रुप में कार्य करते हैं, वे भी शुरुआत में एक लक्ष्य के साथ ग्रुप बनाते हैं। मगर धीरे-धीरे वे लक्ष्य को भूलते जाते हैं या उनमें लक्ष्य की स्पष्टता धुँधली होने लगती है। जिस वजह से विभिन्न प्रकार की समस्याएँ सामने आती हैं। जैसे ग्रुप्स में लोग गॉसपिंग (गप्पे लड़ाने) में उलझ जाते हैं और अपना मूल्यवान समय व्यर्थ गँवा देते हैं।

इन समस्याओं से बचने के लिए टीम में लक्ष्य के पीछे का उद्देश्य स्पष्ट होना जितना आवश्यक है, उतना ही वह हमेशा याद रहना भी महत्वपूर्ण है।

लक्ष्य याद रखने के लिए सभी मिलकर एक लक्ष्य वाक्य बना सकते हैं। लक्ष्य वाक्य यानी 'मिशन स्टेटमेंट', जो लक्ष्य तक लेकर जाने के लिए टीम में लोगों को प्रेरित करता है। लक्ष्य वाक्य को स्लोगन, आदर्श वाक्य, नारा या घोष वाक्य भी कहा जाता है।

किसी भी टीम को कामयाब बनाने के लिए उसके सभी सदस्यों का हमेशा प्रेरित रहना बहुत ज़रूरी होता है। यह कार्य एक दमदार लक्ष्य वाक्य कर सकता है। ऐसे प्रेरणादाई वाक्यों से इंसान के अंदर कुछ कर गुज़रने की ऊर्जा बहने लगती है। ऐसे शब्द सदस्यों में नया उत्साह, नई उमंग भरने का कार्य करते हैं। इसलिए आप भी अपने टीम के लिए एक दमदार, प्रेरणाभरा स्लोगन बना लें।

आइए, समझते हैं लक्ष्य वाक्य कैसे बनाएँ :

लक्ष्य वाक्य बनाते वक्त इस बात का विशेष ध्यान रखें कि वह आपके लक्ष्य और कार्य के बारे में ही बता रहा हो। साथ ही आप जो भी स्लोगन बनाएँ, वह इतना सरल और स्पष्ट हो कि आपको पूरा लक्ष्य एक साथ याद आए... उसे दोहराते हुए आपके अंदर फिर से जोश महसूस हो।

जैसे कुछ टीम प्रेरणा पाने के लिए इस तरह के स्लोगन का प्रयोग करती है- 'हम सब एक हैं', 'टूगेदर वी कॅन' (together we can), 'एक टीम-एक ड्रीम' आदि।

पर्वतारोहियों के ग्रुप्स बड़ी चुनौतिपूर्ण चढ़ाई करते हैं। उन्हें लगता है कि हाथ बढ़ाकर आसमान को छू सकते हैं। उनका स्लोगन कुछ इस तरह का हो सकता है- 'हमारी जीत, शिखर पर' या 'हमें छूना है आसमान को'।

जोखिमभरे कारनामों को अंजाम देनेवाले लोग मौत के मुँह में खड़े होकर भी नहीं डरते। उनका नारा हो सकता है- 'डर के आगे हमारी जीत है' या 'हम जीतने के लिए बने हैं।' इस तरह के कई अभियान सिर्फ इनके स्लोगन की वजह से ही पूरे हुए हैं।

आपको भी अपने ग्रुप के लक्ष्य को एक वाक्य में पिरोकर ऐसा लक्ष्य वाक्य बनाना होगा। इसके लिए आप आगे दिए गए कदम अपना सकते हैं-

- लक्ष्य वाक्य को इस तरह बोर्ड पर लिखें, जिससे वह सभी की आँखों के सामने रहे।
- जब-जब कार्य से संबंधित मीटिंग हो तब उसमें पहले लक्ष्य पर बात हो और लक्ष्य वाक्य भी दोहराया जाए। याद रहे, यह करना केवल एक औपचारिकता (फॉर्मेलिटी) बनकर न रह जाए या इसका महत्त्व कम न हो जाए बल्कि लक्ष्य

दोहराते हुए उसे पूरा करने का भाव और उत्साह हमेशा बना रहे।
- टीम के सदस्य भी एक-दूसरे को ज़रूरत के अनुसार लक्ष्य याद दिलाते रहें और लक्ष्य की ओर बढ़ने के लिए प्रेरित करें।

सही कार्ययोजना का होना :

टीम को जब कोई लक्ष्य दिया जाता है तब सभी मिलकर उसके लिए सबसे पहले कार्ययोजना बनाएँ। इससे काम का सही विभाजन हो जाता है। साथ ही मेहनत तथा समय की बचत होकर, लक्ष्य समय पर पूरा होता है। कार्ययोजना बनाने के लिए नीचे दी गई बातों को ध्यान में रखें।

- सभी मिलकर कार्य को कम से कम समय में, सहजता और बेहतरीन गुणवत्ता के साथ करने के नए तरीकों पर सोचें, विचार-विमर्श करें। इससे संघ में काम और समय का सही व्यवस्थापन होगा।

- हरेक की क्षमता अनुसार कार्य का विभाजन करें। हरेक में अलग गुण और योग्यताएँ होती हैं। इसलिए सभी को उनके गुणों तथा योग्यताओं के अनुसार कार्य सौंपने पर वे अपना बेहतरीन योगदान दे पाते हैं।

- उपलब्ध रिसोर्सेस के व्यवस्थापन पर भी सोचें। कार्य कितना बड़ा है, उसे पूर्ण करने के लिए कितने लोग, सामग्री तथा मशीन्स लगनेवाले हैं, इसे ध्यान में रखते हुए, उसके लिए कितना समय लगनेवाला है, इस पर सोचें।

- पिछली बार ऐसे ही (similar) प्रोजेक्ट में क्या गलतियाँ हुई थीं, उससे सीखने योग्य बातें देख लें और उनमें सुधार लाएँ। साथ ही एक्सपर्ट की राय लें ताकि आप उस प्रोजेक्ट पर अच्छे से कार्य कर पाएँ।

- दूरदृष्टि रखते हुए कार्ययोजना बनाएँ और कार्य पूरा करने की समय सीमा (कंप्लीशन डेट) तय कर, उसके अनुसार कार्य करें।

- हर कार्य को टॉप व्यू से देखें। इससे कार्य की नई संभावनाएँ और नए आयाम दिखाई देते हैं। साथ ही उसमें रचनात्मकता भी लाई जा सकती है।

यदि टीम का प्रत्येक सदस्य उपरोक्त गुणों को अपने अंदर विकसित कर, खुद को प्रशिक्षित करे तो मूल लक्ष्य को पूरा करते हुए, वह अपना विकास भी कर पाएगा।

भाग - 4

समस्या अनेक, उपाय एक

एक कंपनी ने अपने महत्वपूर्ण प्रोजेक्ट को पूरा करने के लिए कुछ प्रशिक्षित और होनहार लोगों की टीम बनाई। टीम के लीडर और सभी मेंबर्स ने मिलकर काम पूर्ण करने की एक तारीख तय की। सभी पूरी लगन के साथ काम में लग गए।

किंतु जैसे-जैसे एंडलाइन नज़दीक आती गई, टीम ने देखा कि काम बहुत ज़्यादा है और समय बहुत कम। उन्होंने यह बात टीम लीडर को बताई। टीम लीडर समझ नहीं पा रहा था कि प्रशिक्षित टीम होने के बावजूद समय पर काम क्यों नहीं हो रहा है। यही जानने के लिए उसने सभी के साथ एक मीटिंग रखी ताकि सभी मिलकर उस समस्या का समाधान ढूँढ़ पाएँ और नए सुझावों द्वारा उचित निर्णय ले सकें।

मीटिंग में टीम लीडर ने सभी को अपनी राय और सहयोग देने को कहा। तब सभी ने अपने-अपने कामों में आनेवाली दिक्कतों के बारे में बताना शुरू किया। क्योंकि उनकी छोटी-छोटी दिक्कतें ही उनका काफी समय बरबाद

कर रही थी। टीम लीडर भी उनकी समस्याओं का समाधान देते जा रहा था। लगभग सबकी समस्याओं का समाधान तो मिल गया, फिर भी काम समय पर पूरा होने के आसार दिखाई नहीं दे रहे थे। इसलिए उसने टीम से पूछा, 'अब हम ऐसा क्या कर सकते हैं, जिससे समय पर कार्य पूरा हो पाए।'

फिर सदस्य नई-नई तरकीबें और उपाय बताने लगे, जिससे उन्हें टार्गेट पूरा करने में मदद हो सकती थी। जैसे किसी ने कहा कि 'हम छोटे-छोटे ग्रुप्स बनाकर कामों को बाँट सकते हैं।' किसी ने कहा, 'हम एक्स्ट्रा समय रुककर काम पूरा कर सकते हैं।' किसी ने कहा, 'हम बेल्ट में काम करके टार्गेट को पूरा कर सकते हैं।' किसी ने कहा, 'कुछ काम आउटसोर्स के ज़रिए (बाहरी मदद लेकर) करेंगे ।

सबकी राय सुनकर टीम लीडर ने कुछ निर्णय लिए, जिससे सभी को यह विश्वास आने लगा कि अब वे मिलकर समय पर प्रोजेक्ट पूरा कर पाएँगे।

इस मीटिंग के बाद टीम लीडर को यह महसूस हुआ कि मीटिंग में बहुत महत्वपूर्ण बातें सामने आईं। अगर समय-समय पर ऐसी (ब्रेन स्ट्रॉमिंग) मीटिंग ली गई होतीं तो सभी इन बातों को बहुत पहले से ही लागू कर पाते थे। जिससे सभी का इतना समय व्यर्थ नहीं जाता और टार्गेट भी समय पर पूरा हो पाता।

टीम लीडर को मिली शिफ्टिंग सभी के लिए महत्वपूर्ण सीख है। लोग जब टीम में एक साथ जुड़कर कार्य करते हैं तब वे कई सारी समस्याओं का सामना करते हैं। मगर अकसर उनसे यह गलती हो जाती है कि समस्या आने के बाद वे उसे सुलझाने के लिए विचार-विमर्श या चर्चा करते हैं। जबकि उन्हें कार्य शुरू करने से पहले और बीच-बीच में ब्रेन स्ट्रॉमिंग करने की आदत डालनी चाहिए ताकि कई सारी दिक्कतें समय रहते ही समाप्त हो जाएँ और कार्य को सही दिशा मिले।

आइए, समझते हैं ब्रेन स्ट्रॉमिंग क्या है, टीम में उसका लाभ कैसे लें और इसमें होनेवाली गलतियों से कैसे बचें :

जब किसी एक या अनेक विषयों पर ग्रुप के सभी सदस्य मिलकर, विचार-विमर्श करके अपने-अपने मत प्रस्तुत करते हैं तब उसे ब्रेन स्ट्रॉमिंग कहा जाता है। ब्रेन स्ट्रॉमिंग सिर्फ लोगों के विचारों का आदान-प्रदान नहीं है बल्कि सभी के मस्तिष्कों का इस्तेमाल करके नए विचार या समाधान का आविष्कार भी है।

यह प्रक्रिया हर टीम का एक मुख्य भाग हो सकता है, जिसका लाभ कई सारी

बातों के लिए लिया जा सकता है। जैसे कोई महत्वपूर्ण निर्णय लेना हो, कोई समस्या सुलझानी हो, नया आविष्कार या नई आइडिया जनरेट करनी हो इत्यादि। ये सब कार्य आप संघ में ब्रेन स्ट्रॉमिंग द्वारा कर सकते हैं।

ब्रेन स्ट्रॉमिंग से मिलनेवाले लाभ :

१. **आयडीया निर्माण करना** :

टीम में हरेक यह समझे कि मेरे पास केवल एक ही मस्तिष्क नहीं है बल्कि टीम में जितने भी मेंबर्स हैं, उनके मस्तिष्क भी मेरे ही हैं। इस समझ से आप देखेंगे कि सभी मस्तिष्कों के जोड़ से बेहतरीन आयडीयाज आनी शुरू होती हैं, जिससे सभी की सोच शक्ति का विकास भी होता है।

जैसे- दो लोगों के पास सौ-सौ रुपये हैं। दोनों एक-दूसरे से पैसे अदला-बदली (एक्सचेंज) करते हैं। अब इससे दोनों की अमीरी में कोई फर्क नहीं पड़ता यानी दोनों जैसे पहले थे, वैसे ही रहेंगे।

जब एक इंसान अपनी कोई महत्वपूर्ण सीख, राय, सुझाव या आयडीया दूसरे के साथ शेअर करता है तो उसे भी दूसरे से कोई नई आयडीया या महत्वपूर्ण सीख मिल सकती है। इस तरह आप देखेंगे कि इस एक्सचेंज से दोनों के जीवन में कुछ न कुछ बढ़ोतरी हुई, दोनों का विकास हुआ।

यदि लोग टीम में सभी के मस्तिष्कों का इस्तेमाल करके विचार मंथन करें तो वे अन्य सदस्यों के पूर्व-अनुभव और रचनात्मकता का लाभ उठा सकते हैं। यदि कोई सदस्य एक विचार में अटक जाए तो दूसरे सदस्यों के रचनात्मक विचार और अनुभव उसे अगले स्तर पर ले जाने में मदद कर सकते हैं।

ग्रुप में विचार मंथन करते-करते तथा एक-दूसरे के विचार सुनकर लोगों में रचनात्मक ऊर्जा आने लगती है, जिससे उन्हें नए विकल्प सुझाई देने लगते हैं। परिणामस्वरूप वे अपनी पुरानी सोच के ढाँचे से बाहर निकल पाते हैं। साथ ही उनकी बुद्धि लचीली और प्रखर होने लगती है।

ग्रुप में विचार मंथन का एक और फायदा यह भी है कि हर किसी को लगता है नई आयडीया लाने में मेरा भी योगदान है, मेरा सुझाव भी महत्त्व रखता है।

२. **योग्य निर्णय लेना :**

ब्रेन स्ट्रॉमिंग द्वारा महत्वपूर्ण निर्णय भी लिए जा सकते हैं। जैसे टीम में कितने भी बड़े या कठिन कार्य से संबंधित निर्णय लेने हों तो ब्रेन स्ट्रॉमिंग उसे आसान कर देता है। इससे टीम के सभी मेंबर्स को वह कार्य अपना लगता है। जिसे पूरा करने के लिए वे ज़िम्मेदारी लेते हैं और अपना बेहतरीन योगदान भी दे पाते हैं।

इसके अलावा ग्रुप के किसी सदस्य को व्यक्तिगत जीवन में कोई महत्वपूर्ण निर्णय लेना हो तो भी ग्रुप में विचार मंथन बहुत उपयुक्त है। क्योंकि सभी की राय से जो भी निर्णय होता है, ज़्यादातर वह उचित साबित होता है। वरना कई बार इंसान अपनी सीमित सोच की वजह से घटना को पूर्ण रूप से नहीं देख पाता। जिसके परिणामस्वरूप वह उसी सोच से निर्णय लेने की कोशिश करता है।

ऐसे में यदि वह ग्रुप की मदद ले तो विचार मंथन से उसकी सोच व्यापक होती है और उस विषय के नए आयाम भी खुलते हैं। इससे उसे सही निर्णय लेने में मदद मिलती है।

३. **समस्या सुलझाना (प्रॉब्लम सॉल्विंग) :**

कहा जाता है कि प्रॉब्लम सॉल्विंग के कई सारे तरीकों में से सबसे बेस्ट तरीका है- ब्रेन स्ट्रॉमिंग। विश्व की किसी भी बड़ी समस्या का हल ब्रेन स्ट्रॉमिंग के द्वारा सहजता से पाया जा सकता है। ब्रेन स्ट्रॉमिंग करने से कोई भी समस्या, समस्या न रहकर विकास के लिए एक स्टेपिंग स्टोन लगने लगती है। क्योंकि संघ में विचार मंथन करने से उसके कई सारे समाधान नज़र आने लगते हैं।

समस्या चाहे छोटी हो या बड़ी, एक अकेला इंसान उस पर उतना नहीं सोच पाता, जितना पूरा संघ मिलकर सोच पाता है। ब्रेन स्ट्रॉमिंग से आप न सिर्फ अपनी टीम की समस्याएँ सुलझा सकते हैं बल्कि संघ के मेंबर्स, उनके परिवार, इतना ही नहीं समाज, राष्ट्र तथा विश्व की समस्याओं को भी सुलझाया जा सकता है। इसे एक उदाहरण से समझें-

एक छोटा सा गाँव था, जिसके लोग बहुत ही सरल स्वभाव के थे। वैसे तो गाँव में खुशहाली थी लेकिन पिछले कुछ सालों से वहाँ होनेवाली वर्षा में कमी आती जा रही थी। इस बढ़ती समस्या से प्रत्येक ग्रामीण चिंतित था किंतु किसी को भी इस समस्या का हल नहीं मिल रहा था।

एक दिन गाँव के मुखिया ने ग्रामसभा बुलाई और सभी से कहा, 'हम सभी जानते हैं कि पिछले सालों में वर्षा में लगातार कमी आई है। यदि ऐसा आगे भी हुआ तो हमारा गाँव पूरी तरह से सूखे की चपेट में आ जाएगा। हमें जल्द ही इसका कोई ठोस उपाय ढूँढ़ना चाहिए। कृपया जिनके भी पास इस पर कोई सुझाव हो तो वे यहाँ आकर बताए।'

तब गाँव के एक अनुभवी बुजुर्ग ने कहा, 'प्रधानजी, आपका कहना तो उचित है किंतु इस विकट समस्या का समाधान जल्दबाजी में नहीं निकल सकता। कृपया ऐसा किया जाए कि हरेक पहले अपने स्तर पर इस समस्या पर विचार मंथन करे। एक सप्ताह के बाद हम फिर से एक ग्रामसभा का आयोजन करेंगे और इस मुद्दे पर चर्चा करके, एक कार्ययोजना बनाएँगे।'

इस बात पर सभी ने सहमति जताई। हरेक ने अपने-अपने स्तर पर विचार मंथन किया। एक सप्ताह बाद फिर से ग्रामसभा आयोजित हुई। गाँववालों ने प्रधान के समक्ष अपने-अपने विचार रखे। सभी के विचारों को सुनने के बाद कुछ मुद्दों को लिखा गया।

पहला : लगातार हो रही वृक्षों की कटाई से गाँव के आस-पास के पेड़ नष्ट हो रहे हैं, अत: वृक्षारोपण को बढ़ावा देकर उन क्षेत्रों को हरा-भरा किया जाए।

दूसरा : गाँव में एक ही कुआँ है, जो क्षमता से अधिक उपयोग में आने के कारण जल्दी सूख जाता है। अत: जलप्रबंधन और जलसंरक्षण का उचित प्रबंध किया जाए। इसके लिए एक-दो कुएँ, छोटे तालाब और एक छोटे बाँध को बनाकर उसके जल को संरक्षित किया जाए।

तीसरा : यदि कोई अकारण पेड़ों की कटाई करे या जल का अनावश्यक इस्तेमाल करे तो उस पर जुर्माना लगाया जाए।

चौथा : प्रत्येक कार्य को व्यवस्थित ढंग से करने हेतु ग्रामवासियों के भिन्न-भिन्न दल बनाए जाएँ, जो अपने विभाग के कार्य में अपना योगदान दे सकें।

पाँचवाँ : प्रत्येक माह के अंत में ग्रामसभा में कार्य की प्रगति का विश्लेषण कर, आगे की कार्ययोजना निर्धारित की जाए।

विचार मंथन और उस पर सार्थक चर्चा द्वारा ग्रामवासी एक ठोस निष्कर्ष पर पहुँच गए। इसके बाद उन्होंने सुनियोजित ढंग से अपनी कार्ययोजना पर अमल करना

आरंभ किया। एक निश्चित समय के बाद उन्हें सफलता प्राप्त हुई। इस तरह वे अपने गाँव को एक आदर्श गाँव बना सके।

यह उदाहरण हमें संघ में हुए विचार मंथन की शक्ति से परिचित करवाता है। जब सभी अलग-अलग सोच रहे थे तब समस्या का हल नहीं मिला। लेकिन जब संघ बनाया, उचित विचार मंथन हुआ, कार्ययोजना तैयार हुई तब सफलता प्राप्त हुई।

विचार मंथन की इस प्रक्रिया में ग्रुप के सदस्य दिए गए विषय पर पहले अपने स्तर पर मनन करते हैं और निर्धारित अवधि के बाद, अपने विचार ग्रुप में प्रस्तुत करते हैं। फिर ग्रुप में सभी के विचारों और सुझावों पर मिलकर मनन करते हैं और सारे पहलुओं, बारीकियों पर सोच-विचार कर, योग्य समाधान तक पहुँचते हैं।

इससे दो तरह के लाभ होते हैं। पहला- अकेले मनन करने से इंसान की सोच शक्ति बढ़ती है और दूसरा- ग्रुप के साथ मंथन करने से विषय के नए पहलू सामने आते हैं। इस तरह दोनों के मिलाप से बेहतरीन परिणाम सामने आते हैं।

ब्रेन स्ट्रॉमिंग में होनेवाली गलतियाँ :

१. विचार मंथन करते समय कोई सदस्य सामनेवाले के विचारों को महत्त्व न देकर केवल अपने विचारों को ही सही मान सकता है। विचारों के आदान-प्रदान के साथ, मतभेद होने की संभावना हो सकती है। जिससे लोग एक-दूसरे की बात को अस्वीकार भी कर सकते हैं और विषय पर होनेवाली बातचीत छूट सकती है।

   ऐसे में यदि संघ का लीडर, उनके विचारों को दिशा देने में सक्षम है तो मतभेद के बजाय, वह फिर से सभी सदस्यों को उसी विषय पर लेकर आएगा ताकि ब्रेन स्ट्रॉमिंग का उदेदृश्य पूर्ण हो। अतः संघ के लीडर को इस बात का विशेष ध्यान रखना चाहिए कि विचार मंथन करते समय, हर सदस्य के विचारों तथा आयडीयाज को महत्त्व देकर सुना जाए।

२. लोग संघ में एक साथ विचार विमर्श करते हैं मगर किसी को पूरा सुने बगैर, बीच में ही अपनी राय या समाधान दे देते हैं, जिससे इंसान को जो समाधान मिलना चाहिए, वह मिल नहीं पाता।

   इसलिए विचार मंथन करने से पहले यह नियम हो कि जब तक सामनेवाले की बात पूरी नहीं होगी तब तक कोई और बीच में न बोले।

३. कभी-कभी यह देखा जाता है कि लोग अपने विचार, बातें सभी के सामने रखते हैं। मगर कुछ लोग मन ही मन उनके बारे में गलत अनुमान लगाते हैं। जैसे- 'अरे, इसकी सोच कितनी छोटी है... यह तो पुरानी ही आयडीया देते रहता है... अपने आपको तीस-मार-खाँ समझता है...' आदि। जिससे वे बोलनेवाले की तरफ पूरा ध्यान नहीं दे पाते। तब बोलनेवाला सिकुड़ जाता है और आगे से आयडीया बताना बंद कर देता है।

   इसलिए किसी भी सदस्य के विचार या राय पर कोई भी अनुमान न लगाएँ ताकि हर सदस्य खिलकर, खुलकर ग्रुप में अपना बेहतर योगदान दे पाए।

४. संघ में ब्रेन स्ट्रॉमिंग के दौरान एक गलती यह हो सकती है कि लोग मुख्य विषय से हटकर अनावश्यक बातें शुरू कर सकते हैं। इससे समय बरबाद होता है। इसके अलावा कुछ लोगों को बात करते वक्त समय का ध्यान ही नहीं रहता और वे बोलते ही जाते हैं। इन दो बातों का खयाल रखें ताकि कम से कम समय में बेहतरीन परिणाम मिल सके।

५. कभी-कभी ब्रेन स्ट्रॉमिंग करते-करते दो-तीन अच्छी आयडीया आ जाती हैं। मगर कुछ लोग एक आयडीया को समर्थन देते हैं तो कुछ लोग दूसरी आयडीया को। ऐसे में टीम लीडर समय की माँग को ध्यान में रखते हुए स्वयं विचार मंथन कर निर्णय लें या सदस्यों से गुप्त वोटिंग करके निर्णय तक पहुँचे।

६. ब्रेन स्ट्रॉमिंग के समय यदि विषय से हटकर किसी को आयडीया आती है तो उस समय वह अपनी आयडीयाज लिखकर रखें और उस समय विषय से संबंधित बातें ही शेअर करें।

   साथ ही टीम लीडर सभी के विचार लिख लें या रिकॉर्ड कर लें ताकि बाद में भूल न जाएँ और कोई गलतफहमी तैयार न हो।

इस तरह ग्रुप के सभी लोग मिलकर यदि विचार मंथन की शक्ति का लाभ लें तो वे अपने विचारों, अनुभवों और रचनात्मकता द्वारा अपने साथ-साथ अपनी टीम में भी सकारात्मक परिवर्तन ला सकते हैं।

भाग - 5

कम्युनिकेशन और प्लैट्फॉर्म

संघ में कार्य करते हुए हर छोटे से लेकर बड़े कार्य को सही ढंग से पूरा करने के लिए सही कम्युनिकेशन करना बहुत ही ज़रूरी होता है।

कम्युनिकेशन अपने आपमें एक बड़ा विषय है। मगर यहाँ हम समझेंगे कि टीम में कैसे सही समय पर, सही मात्रा में और सही तरीके से कम्युनिकेशन हो ताकि सही संवाद से सारे कार्य सहजता से सफल हों। यह समझने से पहले जानें कि कम्युनिकेशन में क्या-क्या गलतियाँ होती हैं, जिन्हें समय रहते ही पहचानना ज़रूरी है।

१. ज़रूरत से ज़्यादा बोलना :

कुछ लोगों को बहुत ज़्यादा बातचीत करने की आदत होती है। उनके पास बताने के लिए हमेशा कुछ न कुछ रहता है। मगर यह ज़रूरी नहीं कि उनकी सभी बातें काम की हों।

ज़्यादा बोलनेवाले लोग हमेशा अग्र प्रतिसाद देते हैं। अग्र प्रतिसाद यानी कोई भी बात पता चलने पर वे उसे तुरंत लोगों को बताने की जल्दबाज़ी में रहते हैं। ऐसे लोग

कई बार बातों को बढ़ा-चढ़ाकर प्रस्तुत करते हैं। जिससे लोगों का समय व्यर्थ चला जाता है और वे अगली बार उनसे बात करने से भी कतराते हैं।

२. ज़रूरत से कम बातचीत करना :

टीम में ऐसे लोग भी होते हैं, जो कम बोलने की आदत की वजह से किसी ज़रूरी बात को भी अपने तक ही सीमित रखते हैं। कभी-कभी वे किसी बात का थोड़ा-सा हिस्सा बताते हैं क्योंकि पूरी बात विस्तार से बताना उन्हें ज़रूरी नहीं लगता। जिस कारण उन्हें गैर-ज़िम्मेदार या लापरवाह माना जा सकता है। जबकि यह सच नहीं होता।

कई बार पूरी जानकारी देनेवाले से ज़्यादा सवाल नहीं पूछे जाते। मगर जो थोड़ी-सी बात बताता है, उससे कई सारे सवाल पूछे जाते हैं। इसलिए आधी-अधूरी जानकारी देना या कम बोलना हानिकारक सिद्ध हो सकता है।

३. बिलकुल बातचीत न करना, चुप रहना :

टीम में कुछ लोग ऐसे भी होते हैं, जो जहाँ बोलना ज़रूरी होता है, वहाँ भी वे चुप रहते हैं। जहाँ बात करनी चाहिए, वहाँ दो शब्द भी बोल नहीं पाते। फिर जब पानी सिर से ऊपर निकल जाता है तब वे सोचते हैं, 'उस वक्त मुँह से शब्द क्यों नहीं निकले... उस वक्त बता दिया होता तो आज यह नौबत नहीं आती...!'

याद रखे, No communication is also bad communication... यानी संवाद न करना भी गलत संवाद करने जैसा ही है।

४. देर से कम्युनिकेट करना :

कुछ लोग ऐसे होते हैं, जो काफी समय के बाद जानकारी देते हैं। इससे कई बार कंपनी का नुकसान हो जाता है या उन्हें संकोचभरी स्थिति का सामना करना पड़ता है।

कुछ लोग संबंधित सदस्य को आवश्यक जानकारी जल्दी नहीं पहुँचा पाते। क्योंकि वे सोचते हैं, 'फलाँ इंसान मुझे एक हफ्ते के बाद मिलने ही वाला है, तभी मैं उसे यह जानकारी दे दूँगा'। यह सोचकर वे एक हफ्ते तक उस जानकारी को अपने पास ही रखते हैं।

लेकिन ऐसा भी तो हो सकता है कि उस जानकारी के आधार पर सामनेवाले को

एक हफ्ते में कोई ज़रूरी काम करना हो, कुछ महत्वपूर्ण निर्णय लेने हों।

५. बात को बीच में काटना :

टीम में कुछ लोग ऐसे होते हैं, जिन्हें बार-बार बीच में बोलने की आदत होती है। जैसे दो लोग कुछ महत्वपूर्ण बात कर रहे हैं और तीसरा उनकी बातें सुनकर, बिना पूरी बात जाने तुरंत अपनी राय देने लगता है।

इस तरह बार-बार बीच में बोलने की आदत के कारण टीम के लोग परेशान हो सकते हैं और संभावना है कि वे आगे चलकर उस सदस्य के सामने कोई बात ही न करें।

आइए अब समझें, कैसे करें सही कम्युनिकेशन।

१. ज़रूरत के अनुसार कम्युनिकेट करना :

सही समय पर, सही मात्रा में, सही जगह पर, सही तरीके से कम्युनिकेशन करना यानी जरूरत अनुसार बोलना।

जैसे अगर टीम के किसी मेंबर ने किसी प्रोजेक्ट के लिए बहुत जी-जान से मेहनत की, जो टीम लीडर और मैनेजर ने भी देखा। तब वे सोचते हैं कि इस साल ऐन्यूअल मीटिंग में उसे ही 'बेस्ट एम्प्लोई' का अॅवार्ड देंगे। लेकिन यदि टीम लीडर या मैनेजर उस वक्त कुछ न बोले तो उस मेंबर को लग सकता है कि 'मैं इतनी मेहनत कर रहा हूँ, उसकी किसी को कोई कद्र ही नहीं है' और वह डिमोटिवेट भी हो सकता है। इसलिए टीम लीडर यदि उसी वक्त सभी के सामने उस मेंबर के कार्य की सराहना करें तो उसके साथ-साथ सभी मेंबर्स को भी मोटिवेशन मिल सकता है।

२. नम्रता और सब्रता से पेश आना :

कम्युनिकेशन का सबसे बेहतरीन तरीका है, नम्रता और धीरज के साथ बातचीत करना। यह तरीका दिखने में साधारण लग सकता है लेकिन उसके परिणाम प्रभावशाली हैं। नम्र बातचीत में झुककर, रुककर व्यवहार किया जाता है। कई बार टीम में ऐसी परिस्थिति निर्माण हो जाती है, जिसे आपको सँभालना पड़ता है। वहाँ नम्रता और सब्र से की गई बातचीत ही काम आती है। इसलिए खासकर नकारात्मक घटनाओं में सामनेवाले से बातचीत करने के लिए नम्र अथवा सब्र तरीका ही अपनाना चाहिए। इसे एक उदाहरण से समझें।

मान लें, आपकी टीम में किसी से कोई बड़ी गलती हुई है, जिस कारण कंपनी को काफी नुकसान हुआ है। अब आपको यह बात सामनेवाले को बताकर, उसे वॉर्निंग भी देनी है। जिसमें एक तरीका यह है कि आप उसके डेस्क पर जाकर, सबके सामने उसे चिल्लाना शुरू किया। जिससे उस मेंबर के अंदर अपमान की भावना जगी और उसका आगे काम करने का मोटिवेशन ही कम हो जाए।

दूसरा तरीका यह है कि आप सब्र के साथ सोच-समझकर उसे अपनी केबिन या कॉन्फरन्स रूम में बुलाकर, अच्छे शब्दों में उससे हुई गलती बताएँ। इससे उसे सभी के सामने अपमानित भी नहीं होना पड़ेगा और वह आगे अपनी तरफ से ज़्यादा सावधानी से कार्य करेगा।

३. कम्युनिकेशन प्लैट्फॉर्म बनाना :

टीम में आपका संवाद, संवाद ही रहे, न कि सबके लिए वाद-विवाद का कारण बने। अकसर टीम में सिर्फ मिस-कम्युनिकेशन की वजह से झगड़े होते हुए दिखाई देते हैं। कम्युनिकेशन करने के सबके अलग-अलग ढंग होते हैं। कोई बात किसी के लिए बहुत साधारण हो सकती है तो वही बात किसी के लिए बहुत महत्वपूर्ण हो सकती है।

जैसे किसी को कार्य के अपडेट पूछे जाएँ तो उसे रिमाइंडर मिलता है, जो वह चाहता भी है। वहीं किसी और को काम के बारे में बार-बार पूछने से तकलीफ हो सकती है या अपमानजनक भी लग सकता है।

ऐसी परिस्थितियों से बचने के लिए टीम में सभी लोग कम्युनिकेशन के लिए एक प्लैट्फॉर्म यानी संवादमंच बना लें। जिसमें हरेक यह पहले ही बताकर रखे कि

- वह किस तरीके से रिमाइंडर लेना पसंद करेगा।
- वह किस प्रकार से नकारात्मक फीडबैक लेना चाहेगा।
- उसे किस प्रकार का हँसी-मज़ाक या व्यंग पसंद है या नहीं है।
- उसे किस प्रकार का कम्युनिकेशन पसंद है- ईमेल, मैसेज या व्यक्तिगत तौर पर मिलकर बातचीत करना।

इस तरह पहले से ही कुछ बातें निर्धारित करने से सरल और स्पष्ट वार्तालाप हो पाता है। साथ ही संघ में लोग आहत (हर्ट) होने या झगड़े की संभावना खत्म हो जाती है। परिणामस्वरूप संघ में तालमेल बढ़ने लगता है।

भाग - 6

समानुभूति की भावना

अकसर देखा जाता है कि कार्यस्थल पर आनेवाली नकारात्मक भावनाएँ टीम मेंबर्स की उत्पादन क्षमता को कम कर देती हैं। सकारात्मक भावनाएँ सभी को सफलता प्राप्त करने के लिए प्रोत्साहित करती हैं।

जो लीडर्स अपने टीम मेंबर्स की भावनाओं को समझ पाते हैं, उनकी समस्या का समाधान दे पाते हैं, वे ज़्यादा पसंद किए जाते हैं। लीडर्स और टीम मेंबर्स एक-दूसरों की भावनाओं को समझ पाएँ इसलिए उनमें एक महत्वपूर्ण गुण होना अति आवश्यक है, जो है– एम्पथी... समानुभूति!

सामनेवाला क्या महसूस कर रहा है, वह किन तकलीफों से गुज़र रहा है, उसकी समस्या क्या है आदि जान पाना समानुभूति है।

सोहम एक बहुत ही कुशल अकाउन्टंट था लेकिन जब भी उसकी तरक्की की बात आती तो किसी और को चुना जाता था। क्योंकि सोहम की अपने टीम के सदस्यों के साथ बनती नहीं थी। ऐसा नहीं था कि वह दिल का बुरा था मगर उसमें विनम्रता की कमी थी। यह सिलसिला

तब तक जारी रहा, जब तक उसे इस बात का एहसास नहीं हुआ कि वह खुद ही अपनी तरक्की में रुकावट बन रहा था।

सोहम जैसे बहुत से लोग हैं, जो अपनी योग्यताओं के दम पर ऊँचा मुकाम तो हासिल कर लेते हैं मगर अपनी टीम के सदस्यों से रूखेपन के साथ व्यवहार करते हैं। वे अपनी टीम में मिल-जुलकर कार्य नहीं कर पाते। अहंकारवश टीम में मित्रतापूर्ण व्यवहार नहीं कर पाते क्योंकि उनमें समानुभूति की भावना कम होती है।

ऐसे लोग अपने साथ कार्य करनेवालों की भावनाओं और तकलीफों को समझने का प्रयास नहीं करते। उन्हें केवल काम पूरा होने से मतलब होता है। सामनेवाला काम क्यों पूरा या ठीक से नहीं कर पा रहा है, उस पर वे कभी ध्यान नहीं देते।

क्या आपके टीम में भी ऐसे लोग हैं या कहीं ऐसा तो नहीं कि आप ही के अंदर संवेदनशीलता की कमी है? अपने अंदर हमदर्दी, सद्भावना, अपनापन लाने का प्रयास करें। याद रखें, अपनी व्यवहार कुशलता बढ़ाने के लिए टीम से बेहतर स्थान दूसरा नहीं हो सकता। लोगों के बीच रहकर ही आप समानुभूति का गुण ला सकते हैं।

समानुभूति को लेकर कार्यस्थल पर यह गलतफहमी हो जाती है कि सफलता पाने के लिए यह गुण बाधक है। जबकि ऐसा नहीं है। समानुभूति टीम को कमज़ोर नहीं बनाती बल्कि इससे दूसरों की भावनाओं और दृष्टिकोण को समझने की क्षमता बढ़ती है। जब लोग अपनी टीम के सदस्यों को समझ पाते हैं, अपनेपन से बातचीत कर पाते हैं तब उनके कार्यों पर भी सकारात्मक परिणाम होता है।

कुदरती तौर पर इंसान को करुणा (compassion) और समानुभूति (empathy) ये गुण दिए गए हैं, जो उसे अन्य जीवों से अलग बनाते हैं। इसलिए किसी भी अच्छी टीम को बनाए रखने के लिए 'केरिंग और शेरिंग' जैसे गुण आवश्यक होते हैं। इसके लिए नीचे दिए गए उपायों को अपनाएँ :

१. दूसरों के दृष्टिकोण से देखना :

क्या आप खुद के सही होने को महत्त्व देते हैं या टीम में मिलकर हल खोजने की आपकी प्राथमिकता होती है?

सामान्य तौर पर हर इंसान को अपनी राय और दृष्टिकोण ही सही लगता है और सामनेवाले का गलत। उदा. आपके सामने अंग्रेजी का अंक 6 है और आपके सामने जो खड़ा है, उसे वह अंक 9 दिख रहा है। इसका अर्थ यह नहीं है कि

सामनेवाला गलत है। वह अपनी जगह सही है वह जहाँ से देख रहा है, वहाँ से आप भी देख पाएँ तो आप भी उसके दृष्टिकोण को समझ पाएँगे।

खुले मन और व्यापक दृष्टिकोण के बिना आप समानुभूति नहीं महसूस कर पाएँगे। इसलिए अपने दृष्टिकोण को सही समझने की मानसिकता को बाजू में रखकर, दूसरों के दृष्टिकोण से चीज़ों को देखने की कोशिश करें। इसके लिए **'सामनेवाला कैसे सही है!'** यह सोच आपको मदद करेगी।

साथ ही टीम में ऐसी व्यवस्था करें कि हर सदस्य के दृष्टिकोण को समझा जाए, उसकी बातों को महत्त्व दिया जाए। वह क्या बताना चाह रहा है, किस सोच के साथ बता रहा है, उसे समझने का प्रयास किया जाए। इसे ही दूसरों के शूज में जाकर सोचना कहा गया है।

२. सामनेवाले की भावना को समझना :

सामनेवाले की भावना को महसूस कर पाना ही काफी नहीं होता बल्कि उसे यह बताना भी आवश्यक है कि 'मैं आपकी भावनाओं को समझ सकता हूँ।' ऐसा करने से उसे राहत महसूस होती है। उसे एहसास होता है कि आप उसके साथ हैं।

समानुभूति दर्शाने के लिए यदि संभव हो तो आप भी किसी घटना में मिले समान अनुभव को याद करें। फिर आपको कैसा लगा था और उसकी भावनाओं को आप कैसे समझ पा रहे हैं, यह बताएँ।

उदाहरण के लिए यदि सामनेवाला किसी कारणवश अपना कार्य समय पर पूरा करने में असफल रहा या उससे कोई गलती हुई और वह अपने आपको दोषी मानकर अपराधबोध महसूस कर रहा है। उस बात को वह स्वीकार नहीं कर पा रहा है। तब आप उसे कह सकते हैं कि 'हाँ, मैं समझ सकता हूँ कि इस बात को स्वीकार करना कठिन है। मुझसे भी एक बार ऐसी ही गलती हुई थी तब मैं भी ऐसा ही महसूस कर रहा था और अपने आपको माफ नहीं कर पा रहा था। लेकिन इस गलती से मैंने महत्वपूर्ण सबक सीखा, उससे आगे बढ़ा और अब मैं ज़्यादा सजगता के साथ कार्य कर पाता हूँ।'

ऐसा कहकर आप उसे समझाएँ कि ऐसा महसूस करना सामान्य है। यदि आपके पास समान अनुभव नहीं है तो आप कुछ ऐसा कह सकते हैं, 'मैं समझ सकता हूँ कि इस स्थिति में अधिकांश लोग ऐसा ही महसूस करते हैं।' इससे उसे

पता चलेगा कि उसकी प्रतिक्रिया स्वाभाविक है। इस तरह सामनेवाले की भावना को केवल समझकर स्वीकार करना भी उसके लिए मददगार साबित होगा।

३. अपनी भावनाओं को समझना (आत्मनिरीक्षण):

यदि आप दूसरों के लिए एम्पेथी महसूस करना चाहते हैं तो आपको पहले अपनी भावनाओं को समझने की कोशिश करनी होगी। उसके बाद ही आप दूसरों की भावनाओं को अच्छी तरह से समझ पाएँगे।

मान लें, आपको कंपनी की ओर से एक बड़ा प्रोजेक्ट दिया गया है और उसे पूरा करने पर आपको प्रमोशन मिलनेवाला है। अब आप कैसा महसूस करेंगे? खुश, उत्साहित, गर्व... आपका स्वयं के प्रति आत्मसम्मान बढ़ जाएगा। साथ ही आपको ऐसा भी महसूस होगा कि अचानक आप अधिक ज़िम्मेदार हो गए हैं, आपको नई चुनौतियों का तनाव भी आने लगेगा।

ऐसे में आपको मालूम हो कि आप एक तरफ खुशी तो दूसरी तरफ तनाव महसूस करते हैं। ये ही बातें आपके टीम के लोगों पर भी लागू होती हैं, वे भी कुछ ऐसा ही महसूस करते हैं। फर्क सिर्फ इतना है कि किसी को सकारात्मक तो किसी को नकारात्मक भावनाएँ ज़्यादा महसूस होती हैं। लोगों की भावनाएँ आपकी भावनाओं से ज़्यादा अलग नहीं होतीं। वे भी आपकी तरह ही दुःख-दर्द का अनुभव करते हैं।

अपनी भावनाओं को समझने के लिए पहले भावनाओं की एक सूची तैयार करें। फिर दिनभर उन भावनाओं का निरीक्षण करें कि दिन में कौन सी बात से आप खुश हुए, कौन सी बातों से दुःखी हुए... कब खुद को आत्मविश्वास से भरा पाया और कब निराशा हुई। इस तरह घटनाओं और भावनाओं को उस सूची में दर्ज कर, स्वयं का आत्मपरीक्षण करें। जैसे-जैसे आप अपनी भावनाओं को समझने में कुशल होते जाएँगे, वैसे-वैसे आप अपने आस-पास के लोगों की भावनाओं को समझने में भी माहिर होते जाएँगे।

समानुभूति इस गुण को अपने अंदर लाकर आप अपनी टीम में ही नहीं बल्कि हर जगह लोगों की भावनाओं को समझते हुए, उनसे व्यवहार कर पाएँगे। इस गुण के कारण आपका व्यवहार सभी के साथ स्नेहयुक्त और आत्मीयता से भरा हुआ होगा। आप सभी का खयाल रखते हुए आगे बढ़ेंगे तथा एक-दूसरे के विकास के लिए निमित्त बनेंगे। ऐसा कर आप न केवल अपने लक्ष्य को आसानी से प्राप्त कर पाएँगे बल्कि संतुष्टिभरा जीवन भी जी पाएँगे।

भाग - 7

टीम लीडर की भूमिका

सही मार्गदर्शन, सफलता और लक्ष्य पाने के लिए जैसे स्कूल में टीचर, कॉलेज में प्रोफेसर तथा घर में बड़े-बुजुर्गों का होना ज़रूरी होता है, वैसे ही टीम में लीडर का होना महत्वपूर्ण होता है।

एक लीडर की सोच पूरे लक्ष्य पर असर करती है। आपकी टीम में बहुत होनहार लोग हैं मगर उन्हें सँभालनेवाला सही लीडर न हो तो टीम बड़े कीर्तिमान (रेकॉर्ड) स्थापित नहीं कर पाएगी, जो उसकी संभावना है।

एक अच्छा टीम लीडर कंपनी के व्यवसाय को बढ़ाने और उसे समृद्ध बनाने में विशेष भूमिका निभाता है। क्योंकि वह टीम के लक्ष्य अनुसार सभी सदस्यों का सही मार्गदर्शन करता है, समय-समय पर आवश्यक सूचनाएँ देता है तथा सभी को सही दिशा में ले जाने का नेतृत्व करता है। वह यह भी सुनिश्चित करता है कि टीम का मनोबल हमेशा बना रहे और सभी सदस्य कार्य में अच्छा प्रदर्शन करने के लिए प्रेरित रहें।

आइए, टीम लीडर की भूमिका और उसके आवश्यक गुणों को विस्तार से समझें।

१. टीम को जोड़े रखना :

टीम लीडर को इस समझ के साथ कार्य करना चाहिए कि टीम के सभी सदस्यों का दृष्टिकोण अलग-अलग क्यों न हो मगर दृष्टिलक्ष्य सभी का एक ही हो। अर्थात सभी की दृष्टि एक ही लक्ष्य पर हो और सभी एक ही दिशा में चलें।

जब टीम लीडर सभी के दृष्टिकोण को समझते हुए, एक ही लक्ष्य के लिए टीम को सफलतापूर्वक दिशा दे पाता है तब ही टीम एक साथ जुड़ी रहती है वरना जल्द ही बिखर जाती है। इसलिए लक्ष्य के एक धागे में सबको पिरोए रखने का सबसे महत्वपूर्ण काम टीम लीडर को ही करना होता है।

२. टीम के लोगों को प्रेरित और प्रोत्साहित करना :

लक्ष्य प्राप्त करने के लिए टीम को प्रेरित (इन्सपायर) और प्रोत्साहित (मोटीवेट) करने की भूमिका भी टीम लीडर की होती है।

जैसे- जब एक लीडर को उसके टीम मेंबर ने शाम को फिल्म देखने साथ चलने को कहा तब उसने यह कहते हुए मना कर दिया कि 'हाँ, बहुत बढ़िया फिल्म है मगर आप लोग जाएँ, मुझे कुछ ज़रूरी काम है।' यह सुनकर सामनेवाले को लगता है कि लीडर मनोरंजन से ज़्यादा कार्य को महत्त्व दे रहा है। इसलिए वह भी फिल्म देखने जाना रद्द कर, कार्य को अंजाम देने हेतु लीडर के साथ जुड़ जाता है। इस तरह एक लीडर के दृढ़ निर्णय से बाकी सदस्य प्रेरणा पाते हैं।

टीम में जब किसी का आत्मविश्वास कम हो जाए या कोई मेंबर पहली बार कोई नया कार्य कर रहा हो तब लीडर को उन्हें सकारात्मक वाक्यों से प्रोत्साहित करना चाहिए। जैसे- 'मुझे यकीन है कि तुम यह कर सकते हो, तुम इसके काबिल हो, आज तक तुमने कई कार्यों को अंजाम दिया है तो अब भी कर सकते हो' आदि।

साथ ही टीम लीडर को हमेशा टीम के लोगों के गुणों की, उनके द्वारा किए गए कार्य तथा सफलताओं की सराहना करनी चाहिए। इससे टीम के लोगों को और बेहतर कार्य करने का प्रोत्साहन और प्रेरणा मिलती है। यदि किसी सदस्य को एकाध कार्य में असफलता मिले तब भी लीडर को उसके साथ होना चाहिए ताकि उसका

मनोबल कम न हो। इसके अलावा उसके साथ जुड़कर फिर से वह कार्य करने में उसकी मदद करनी चाहिए, जिससे उसका आत्मविश्वास बढ़े।

इस तरह एक लीडर अपने संघ के सदस्यों के विकास के लिए हमेशा प्रेरणास्रोत बनकर उपस्थित रहता है।

३. दूरदृष्टि का गुण होना :

टीम लीडर एक शिप के कैप्टन की तरह होता है। शिप को सही-सलामत उसकी मंज़िल तक पहुँचाने का काम कैप्टन का होता है। उसके एक गलत फैसले से सभी मंज़िल से भटक सकते हैं। इसलिए सही निर्णय लेने के लिए लीडर में दूरदर्शिता अति आवश्यक है।

टीम में आनेवाली समस्या को लीडर दूरदृष्टि द्वारा पहले ही भाँप (देख) लेता है और समय रहते ही उसका समाधान ढूँढ़ निकालता है। इस वजह से पूरी टीम को फायदा होता है। ऐसा लीडर वर्तमान के निर्णय सोच-समझकर लेता है तथा अपनी टीम से भी वैसी ही अपेक्षा रखता है, जो भविष्य के लिए महत्वपूर्ण है। कई बार वह ऐसे निर्णय लेता है, जो टीम के लोगों को पसंद नहीं आते। मगर समय के साथ उन सदस्यों को टीम लीडर के निर्णय के पीछे की दूरदर्शिता समझ में आने लगती है।

४. छवि (इमेज) में न फँसना :

जब लीडर, टीम में कपट मुक्त होकर अपनी गलतियाँ बताकर, उन्हें स्वीकार कर पाता है तब सभी का उसके प्रति विश्वास और अधिक बढ़ जाता है। अपनी 'ना' को 'हाँ' में या 'हाँ' को 'ना' में बदलने से उसे कोई फर्क नहीं पड़ता। वह यह नहीं सोचता कि ऐसा करने से उसकी छवि (इमेज) का क्या होगा? या टीम मेंबर्स के सामने वह गलत सिद्ध होगा। अपनी इमेज से ज़्यादा वह हकीकत को महत्त्व देता है।

इसके विपरीत जब लीडर को खुद का महत्त्व बढ़ाने की इच्छा होती है तब वह अपने मूल लक्ष्य से दूर हो जाता है। ऐसी अवस्था में वह सिर्फ अपनी इमेज का खयाल रखते हुए ही कार्य करता है। उसे लगता है कि 'किसी बात के लिए एक बार मैंने 'हाँ' कहा है तो उसी बात के लिए अब मैं 'ना' कैसे कहूँ?' या 'ना' के बाद 'हाँ' कैसे कहूँ? क्योंकि उसके लिए यह बात स्वीकार करना मुश्किल होता है कि पहले उसकी सोच गलत थी। ऐसे में वह मुश्किल से अपनी गलती मानता है। साथ ही तर्क देकर अपने आपको सही सिद्ध करने की कोशिश भी करता है।

कुछ लीडर्स अपनी श्रेष्ठता जताने के लिए उसके द्वारा लिए गए निर्णयों पर अड़े रहते हैं। वे यह भूल जाते हैं कि बड़े पदवाले हर बार सही हों, ऐसा ज़रूरी नहीं है। यदि बुद्धिमान इंसान १०० निर्णय लेता है तो उनमें से कुछ निर्णय सही और कुछ गलत भी हो सकते हैं। लेकिन कुछ लीडर यह बात स्वीकार नहीं कर पाते। उन्हें लगता है, 'मेरे द्वारा लिया गया हर निर्णय सौ प्रतिशत सही होता है'।

यदि आप किसी टीम के लीडर हैं तो इस बात का ध्यान रखें कि यह गलती आपसे न हो। क्योंकि गलती स्वीकार करने से कोई गलत सिद्ध नहीं होता बल्कि सबके हित में सही निर्णय लेनावाला ही लोगों को ज़्यादा पसंद आता है। इसलिए हमेशा सही दिखने की इमेज में न फँसते हुए जो सही है, उसका साथ दें।

५. श्रेय देना और ज़िम्मेदारी लेना :

लीडर का एक और गुण यह है कि कभी भी वह काम का श्रेय खुद नहीं लेता बल्कि अपनी टीम को देता है। वह जानता है कि यह सभी का मिला-जुला प्रयास है।

इसके अलावा लीडर ज़िम्मेदारी लेकर कार्य करता है तथा टीम के कार्य की सफलता या असफलता के लिए खुद को ज़िम्मेदार मानता है। ज़िम्मेदार लीडर की यही विशेषता होती है कि वह टीम में होनेवाली गलतियों के लिए किसी और को दोष नहीं देता है बल्कि उसे अपनी ज़िम्मेदारी का हिस्सा मानकर, सुधारता है। उसके अंदर ज़िम्मेदारी का भाव सिर्फ कार्यों में ही नहीं बल्कि उसके व्यवहार से भी झलकता है।

प्रसिद्ध वैज्ञानिक डॉ. अब्दुल कलाम, 'रोहिनी' प्रोजेक्ट के डायरेक्टर थे। किसी कारणवश वह प्रोजेक्ट नाकामयाब हुआ। उस वक्त प्रोफेसर धवन, जो इंडीयन स्पेस रीसर्च के चेयरमन थे, उन्होंने खुद मीडिया का सामना किया और नाकामयाबी की पूरी ज़िम्मेदारी अपने ऊपर ले ली। इतना ही नहीं बल्कि उन्होंने ऐलान किया कि 'अगले साल हम ज़रूर कामयाब होंगे।' एक साल बाद जब वे कामयाब हुए तब उन्होंने डॉ. कलाम को प्रेस कॉन्फरन्स लेने के लिए कहा। उस वक्त लाखों लोगों के सामने डॉ. कलाम ने कहा कि 'यह एक ज़िम्मेदार लीडर ही कर सकता है, जो नाकामयाबी को अपने सिर लेता है और कामयाबी का श्रेय अपने संघ को देता है।'

प्रस्तुत उदाहरण हमें बताता है कि कैसे एक सच्चा लीडर बड़ी सहजता से अपना श्रेय दूसरों को दे पाता है तथा कठिनाइयों के समय आगे आकर टीम को सँभाल लेता है।

टीम के सभी सदस्य यदि अपने अंदर लीडर के ये गुण आत्मसात कर लें तो एक बेहतरीन टीम का निर्माण हो सकता है, जो न सिर्फ अपने क्षेत्र में नवनिर्माण का कार्य करेगी बल्कि आनेवाली पीढ़ियों के लिए भी आदर्श बनेगी।

खण्ड २
संघ में होनेवाली गलतियाँ

हर कंपनी या संस्था के बेहतरीन प्रदर्शन के पीछे उनकी टीम का योगदान महत्वपूर्ण होता है।

बेहतर तरीके से किया गया टीमवर्क कंपनी और संस्था को सफलता दिलाने में मदद करता है। यदि टीम के सदस्यों में एक-दूसरे को दोषपूर्ण दृष्टि से देखना, व्यक्तिगत टीका-टिप्पणी या पीठ-पीछे बुराई करना, अहंकार में फँसने जैसी गलतियाँ हों तो टीम में नकारात्मक भावनाएँ जन्म लेती हैं। जिससे टीम का वातावरण अशांत हो जाता है। लोग एक-दूसरे से नाराज़ रहने लगते हैं और टीम का तालमेल बिगड़ जाता है, जिसका सीधा परिणाम टीम के कार्यों पर होता है।

गलतियाँ करना इंसान के स्वभाव का एक अटूट भाग है। अपने जीवन में यदि वह सबसे अधिक किसी से सीख सकता है तो अपनी गलतियों से। जो उसे सिखाती हैं कि जीवन में आगे क्या करना है और क्या नहीं, क्या दोहराना है।

अगर गलतियों पर ध्यान देकर मनन किया जाए तो यही गलतियाँ आनेवाले कल के लिए उन्नति का मार्ग बन सकती हैं। मगर जो अपनी गलतियों पर मनन नहीं करते, वे अपनी ही असफलताओं का मार्ग खोलकर, विकास करने से वंचित रह जाते हैं।

इस खण्ड में हम टीम में होनेवाली गलतियों से सीखेंगे ताकि संघ में हमेशा शांति और खुशी का वातावरण बना रहे।

भाग - 8

सबसे बड़ी गलती से कैसे बचें

टीम को प्रभावशाली बनाने में सबसे बड़ी बाधा है- अहंकार। कुछ लोगों के पास किसी विषय की विशेष जानकारी या कोई स्किल होती है... कुछ लोग किसी बड़े पद पर होते हैं तो कुछ लोगों की समाज के प्रतिष्ठित लोगों से जान-पहचान होती है।

ऐसे में उनके अंदर सामान्यतः यह अहंकार तैयार हो जाता है कि 'मैं दूसरों से श्रेष्ठ हूँ... विशेष हूँ... अलग हूँ' या 'मैं ही सही हूँ।' इस कारण वे चाहते हैं कि हर जगह उनके साथ विशेष बर्ताव किया जाए, उनके लिए खास व्यवस्था हो और सभी उन्हें ही महत्त्व दें।

अभिमान और स्वाभिमान में अंतर :

कुछ लोग कह सकते हैं कि 'हमारी विशेषता या गुणों का हमें अभिमान (गर्व) है, उसमें बुरा क्या है!' लेकिन कई बार वे अपने अभिमान* को ही अपना स्वाभिमान समझने की भूल कर बैठते हैं। जबकि दोनों में सूक्ष्म अंतर है।

** इस विषय को विस्तार से जानने के लिए पढ़ें सरश्री द्वारा लिखित पुस्तक 'अभिमान को करें बाय-बाय'।*

स्वाभिमान हो या अभिमान, दोनों में इंसान दूसरों से मदद नहीं लेता। लेकिन इसके पीछे स्वाभिमानी का कारण यह नहीं होता कि वह अपने आपको श्रेष्ठ मानता है और दूसरों को निम्न बल्कि वह अपने बलबूते पर काम को अंजाम देने की कला सीखना चाहता है।

इसके विपरीत अभिमानी ज़रूरत होने पर भी किसी की मदद नहीं लेता। क्योंकि वह दूसरों के सामने झुकना पसंद नहीं करता। वह यह दिखाना नहीं चाहता कि वह दूसरों से किसी भी बात में कम है।

स्वाभिमान होना अच्छी बात है क्योंकि यह एक ऐसा गुण है, जिससे इंसान कोई भी कार्य सहजता से कर लेता है। इसके विपरीत अभिमानी स्वयं के साथ-साथ अपनी टीम के विकास में भी बाधा बनता है। अहंकार में फँसकर ऐसा इंसान अपने ही पाँव पर कुल्हाड़ी मार लेता है।

अहंकारी लोग दूसरों के साथ-साथ अपनी प्रतिभा को भी खत्म कर देते हैं। झूठी शान और दूसरों पर दबाव डालने की आदत किसी को भी खुलने-खिलने नहीं देती। व्यक्तिगत अपेक्षाएँ जल्द ही टीम को नष्ट कर देती हैं।

जैसे, कभी-कभी टीम में दो मेंबर्स एक जैसी योग्यता या एक जैसा पदभार सँभालते हैं। उस टीम को नया प्रोजेक्ट देते वक्त दोनों में से किसी एक पर उसकी ज़िम्मेदारी सौंपी जाती है। इससे दूसरे मेंबर के अहंकार को ठेंस पहुँचती है। उसे लगता है कि 'मैं भी उतना ही काबिल हूँ, मेरा भी उतना ही अनुभव है, फिर उसे ही इस प्रोजेक्ट की ज़िम्मेदारी क्यों दी गई... यह तो पक्षपात है।' इस तरह वह मन ही मन अपने तर्क देकर दुःखी हो जाता है। यही उसके अहंकार होने का प्रमाण है।

जिससे उस मेंबर की टीम के लक्ष्यप्राप्ति में सहयोग देने की बजाय बाधाएँ उत्पन्न करने की संभावाना बढ़ जाती है। अहंकार के कारण वह अपने आपको दूसरे मेंबर से ज़्यादा काबिल सिद्ध करने में लग जाता है। साथ ही दूसरों के कार्य में कमियाँ निकालने लगता है। नतीजन प्रोजेक्ट समय पर पूरा नहीं हो पाता। आगे चलकर उस टीम को कोई बड़ा प्रोजेक्ट न मिलने की संभावना बनी रहती है।

टीम में कार्य करते वक्त अहंकार जगने से पहले जागृत हो जाएँ। इसके लिए आगे दी गई गलतियों से बचें।

१. खुद को दूसरों से श्रेष्ठ मानना :

अपने गुणों या विशेषताओं के कारण लोगों को लगता है कि उनकी वजह

से ही संघ के सारे कार्य चल रहे हैं या संघ को सफलता मिल रही है। अहंकार के चलते वे दूसरों के कार्य को महत्त्व न देकर, अपनी बड़ाई करते फिरते हैं। जिससे लोगों के काम की गुणवत्ता कम होने लगती है। वे सोचते हैं, 'यदि यही अच्छा कार्य कर रहा है तो उसे ही करने दो'।

इस गलती से बचने का उपाय :

ऐसे लोगों को यह समझ रखनी चाहिए कि उनकी योग्यता या जानकारी से संघ को लाभ तो अवश्य हो रहा है। लेकिन इसका अर्थ यह नहीं कि बाकी सदस्यों में कोई गुण या विशेषता नहीं है या बाकी कुछ नहीं कर रहे हैं।

देखा जाए तो सभी के अंदर कोई न कोई विशिष्ट गुण होता ही है इसलिए हरेक सदस्य का अपना महत्त्व है। संघ में हर मेंबर का योगदान उतना ही महत्वपूर्ण होता है, जितना अहंकारी इंसान का। सभी के मिले-जुले प्रयासों से ही संघ के सारे कार्य बखूबी पूर्ण हो पाते हैं, न कि किसी एक की सहायता से।

टीम में खेले जानेवाले सभी खेल जैसे- क्रिकेट, फुटबॉल, बेसबॉल आदि में हर खिलाड़ी की अपनी-अपनी विशेष भूमिका होती है। जब सभी अपनी भूमिका बेहतरीन ढंग से निभाते हैं तब ही उन्हें जीत हासिल होती है। उनमें से कोई एक यह नहीं कह सकता कि 'मैं ही महत्वपूर्ण हूँ और मैं ही जीत दिला सकता हूँ'। भले ही वह अपना सर्वश्रेष्ठ प्रदर्शन करे, फिर भी पूरी टीम के योगदान के बिना टीम की जीत अधूरी ही रह जाती है।

२. **खुद को सही मानकर, अपने विचार दूसरों पर थोपना :**

अहंकार के कारण इंसान हमेशा अपने ही विचारों को सही मानता है। इतना ही नहीं, वह अपने विचारों को दूसरों पर भी थोपना चाहता है।

ऐसे लोग टीम में इतने हावी (डॉमिनंट) हो जाते हैं कि बाकी सदस्य उन्हें अपने सुझाव देने बंद कर देते हैं। हालाँकि ग्रुप द्वारा दिए गए सुझावों से नई-नई बातें सामने आ सकती हैं, जो सदस्यों के विकास और कार्य की सफलता के लिए कारगर साबित हो सकती हैं। मगर संघ में किसी एक का डॉमिनंस ग्रुप के बाकी मेंबर्स की रचनात्मकता को रोक देता है।

इस गलती से बचने का उपाय :

किसी भी प्रोजेक्ट पर काम शुरू करने से पहले ग्रुप-डिस्कशन (चर्चा) करने

की आदत और माहौल तैयार करें।

ग्रुप-डिस्कशन में वाद-विवाद या 'मैं ही सही हूँ' वाला रवैया छोड़कर, 'क्या सही है?' यह जानने की कोशिश करें। साथ ही सभी खुद का अहंकार छोड़कर अन्य सदस्यों के सुझावों को खुले मन से सुनें। सभी के दृष्टिकोण को समझने का प्रयास करें। इस तरह ग्रुप-डिस्कशन द्वारा सबका फोकस बेहतरीन सुझाव या समाधान मिलने पर होगा।

टीम लीडर, किसी भी तरह का दबाव या डॉमिनंस से टीम का नेतृत्व न करें। ग्रुप में मित्रतापूर्ण माहौल रखें। इससे टीम में उत्साहभरा वातावरण निर्माण होता है और टीम शानदार प्रदर्शन कर पाती है, जो किसी दूसरे तरीके से नहीं हो सकता। अगर टीम में सभी यह बात समझ जाएँ तो अहंकार किसी के लिए भी कभी बाधा नहीं बनेगा और आपसी तालमेल भी बढ़ेगा।

३.   अपनी कमज़ोरियाँ और गलतियाँ छिपाना :

अहंकारी, अपनी कमज़ोरियों को छिपाए रखता है। किसी कमी के कारण जब वह कोई कार्य पूरा नहीं कर पाता तब वह कारण देता है कि उसके पास ज़्यादा काम था और फलाँ-फलाँ सदस्य के पास कम। साथ ही उससे कोई गलती हो जाए तो वह अपनी गलती स्वीकार नहीं करता या फिर यह साबित करने में लग जाता है कि वह कैसे सही है। इस तरह के व्यवहार से उसकी खुद ही उन्नति रुक जाती है।

इस गलती से बचने का उपाय :

ऐसे लोग यह समझ रखें कि नए-नए कार्य करते वक्त कुछ गलतियाँ होना स्वाभाविक हैं। उसमें सही या गलत का सवाल ही पैदा नहीं होता। परंतु यह स्वीकार करना कि 'हाँ, मुझसे भी गलती हो सकती है', टीम में अपनेपन और विश्वास की भावना बढ़ती है।

अतः गलतियाँ होने पर खुद को यह बताते रहें कि 'It is okay to be wrong' वरना खुद को सही साबित करके इंसान कुछ भी हासिल नहीं कर सकता। गलती को स्वीकार करके नया सीखने के लिए ओपन रह सकता है।

यदि आपसे ऐसी गलतियाँ हो रही हों तो उपरोक्त उपायों को अपनाकर इन गलतियों से बचा जा सकता है।

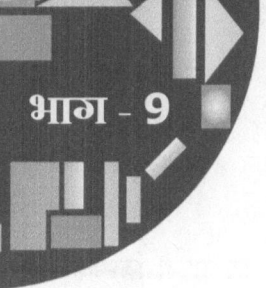

भाग - 9

दोष दृष्टि न रखें

टीम में खासकर संकट या विपत्ति के समय एक-दूसरे पर उँगली उठाना (दोषारोपण करना) आसान होता है। जबकि प्रोजेक्ट की ज़िम्मेदारी किसी एक की न होकर पूरी टीम की होती है। इसलिए यह बताना मुश्किल होता है कि खराब प्रदर्शन के पीछे असली वजह क्या थी?

दोषारोपण के अन्य कारण भी हो सकते हैं मगर ऐसा नहीं है कि इनका कोई समाधान नहीं है। टीम में थोड़ा प्रशिक्षण और उचित प्रबंधन (मैनेजमेंट) से इसे कम किया जा सकता है। वरना दोष देने से कार्य तो नहीं होते बल्कि उत्पादकता कम होती है, समय व्यर्थ जाता है और लोगों में नकारात्मकता आ जाती है।

कभी-कभार ऐसा भी देखा जाता है कि वाकई ऐसी कोई बाधा आती है, जिसमें टीम कुछ नहीं कर सकती या उसके हाथ में कुछ नहीं होता। जैसे किसी का बीमार पड़ जाना, ऐन मौके पर लैपटॉप खराब हो जाना... आदि कारण से टीम अपने लक्ष्य को पूरा करने में असमर्थ होती है। तब कारण देना सही भी होता है। लेकिन ज़्यादातर

लोग सिर्फ आदतवश और असजगता की वजह से समय पर अपना काम न कर, दूसरों को दोष देते रहते हैं। कई बार तो इंसान लोगों के अलावा वस्तुओं और घटनाओं को भी दोष देने से नहीं चूकता। अत: थोड़ा रुककर मनन करें कि नीचे दी गई सूची में से आप किन-किन बातों को ज़्यादा दोष देते हैं।

१. रिसोर्सेस- कुछ लोग साधनों की कमी के बहाने देकर अपनी ज़िम्मेदारी से बचना चाहते हैं। जैसे- फलाँ चीज़ सही समय पर उपलब्ध नहीं हुई... रॉ मटेरियल समय पर नहीं मिला... कंप्यूटर्स काम नहीं कर रहे थे... सॉफ्टवेअर्स अपडेटेड नहीं थे... मशीने पुरानी हो गई हैं... आदि।

२. घटनाएँ- बीच में छुट्टियाँ थीं... फलाँ फंक्शन था... ट्रेनिंग प्रोग्राम था... किसी रिश्तेदार की अचानक मृत्यु हुई, जिस कारण दूसरे शहर जाना पड़ा आदि।

३. टीम मेंबर्स- कुछ मेंबर्स उस कार्य के लिए उतने सक्षम नहीं थे, नए थे... टीम को ज़रूरी ट्रेनिंग्ज नहीं मिली थी... कुछ मेंबर्स छुट्टी पर गए थे... आदि।

४. क्लाइंट- क्लाइंट ने अपनी आवश्यकताएँ पहले नहीं बताई थीं... बाद में कुछ बातें जोड़ीं। क्लाइंट की तरफ से जल्दी फीडबैक नहीं आए... क्लाइंट का बरताव अच्छा नहीं था आदि।

५. बॉस- कुछ लोग अपनी कमियाँ छिपाने के लिए बॉस पर दोष डालते रहते हैं। जैसे टीम में किसी सदस्य को प्रमोशन नहीं मिला और किसी दूसरे को मिला तो वह बॉस को दोष देता है कि 'बॉस ने पार्शलिटी की। वे हमेशा फलाँ को ही विशेष कार्य सौंपते हैं... उसकी ही तारीफ करते हैं... दूसरों को कभी मौका नहीं देते...' या फिर जिसे प्रमोशन मिला उसे दोष दिया जाता है कि 'यह तो बॉस के आगे-पीछे घूमते रहता है, बॉस का चहेता है इसीलिए उसे प्रमोशन मिला।'

६. किसी की गलती पर- जब कोई नया सदस्य संघ में जुड़ता है तो वह कार्य से संबंधित सभी बातें नहीं जानता। जिस वजह से उससे कुछ गलतियाँ होती हैं। ऐसे में बाकी सदस्य तुरंत उसे दोष देना शुरू करते हैं।

इस तरह एक-दूसरे को दोष देने से लोग 'ब्लेमगेम' में फँस जाते हैं। यह ऐसा खेल है जिसे इंसान कितना भी खेले उसमें हार उसी की होती है। क्योंकि जितना वह

दूसरों को दोष देता रहता है, उतनी ही उसकी यह गलत आदत और पक्की होती जाती है। जिससे आगे चलकर लोग उससे मेल-जोल बढ़ाने से कतराते हैं, उससे दूरी बनाए रखते हैं।

अत: अपनी विफलता पर दूसरों को दोष देने की बजाय उसके पूरे न होने के पीछे का असली कारण जानने का प्रयास करें। साथ ही ईमानदारी के साथ यह देखें कि अगर कोई कारण मिला तो उस पर दोष देकर हम काम से बचने की कोशिश तो नहीं कर रहे? क्या कारण या बाधा आने के बावजूद हम वह कार्य पूर्ण कर सकते थे?

कारण चाहे जो भी हो, दूसरों को दोष देने के बजाय टीम का हर सदस्य यदि नीचे दिए गुणों को अपने अंदर लाए तो वह एक अच्छा टीम-प्लेअर बन सकता है।

१. **प्रॉब्लम सॉल्वर बनें–** कोई प्रोजेक्ट समय पर पूरा न होने तथा अपेक्षित परिणाम न आने पर एक-दूसरे की गलतियाँ निकालने की बजाय समाधान ढूँढ़ा जाए। मिलकर सोचा जाए कि कार्य कैसे बेहतर हो सकता है। किसने क्या गलती की, इस पर दोष न देते हुए वर्तमान में उसे कैसे सुधारा जाए और भविष्य में वह गलती होने से कैसे रोका जाए, इस बात पर विशेष ध्यान दिया जाना चाहिए।

   समय रहते ही सभी की विशेषताओं, गुणों को ध्यान में रखकर समाधान के संभव विकल्पों पर मनन करें। ऐसा करने से समस्या से निपटने का कोई न कोई रास्ता ज़रूर मिल सकता है। विपरीत परिस्थिति में भी कार्य को पूरा करने की ज़िम्मेदारी लेने से समस्याओं को सुलझाने का गुण और अनुभव बढ़ जाता है। साथ ही दोष देने के बजाय एक-दूसरे को समझने से टीम में आपसी संबंध घनिष्ट होने में भी मदद होती है।

२. **अपनी तरफ से एक्स्ट्रा दें–** आमतौर पर टीम के मेंबर्स को मिलकर एक लक्ष्य को पूरा करना होता है। कई बार कार्य बेल्ट सिस्टम में भी चलता है। जैसे एक प्रोजेक्ट पर पहले एक मेंबर काम करता है, फिर दूसरा उसके आगे का कार्य करता है। इस तरह एक प्रोजेक्ट कई लोगों के हाथों से होकर पूर्ण होता है। इस पद्धति में टीम के हर मेंबर को अपना कार्य पूरा करने के लिए एक निर्धारित समय दिया जाता है। ताकि कार्य निर्धारित किए गए समय पर पूरा हो।

ऐसे में यदि किसी एक मेंबर ने अपना कार्य समय पर पूरा नहीं किया तो बाकी टीम मेंबर्स उसे दोष देने लग जाते हैं। मगर यदि अगला मेंबर दोष देने के बजाय यह सोचे कि 'मैं कैसे ज़्यादा समय देकर इसे पूरा कर सकता हूँ?' तो संभावना है कि कार्य तय किए गए समय पर समाप्त हो।

३. **एंडलाइन को रीविजिट करें–** कभी-कभी एंडलाइन पर प्रोजेक्ट पूरा होने के दौरान ऐसी कोई बाधा आती है, जिसे बिलकुल सुलझाया नहीं जा सकता। या कार्य पूरा हो भी जाए तो क्वॉलिटी पर बुरा असर पड़ सकता है। ऐसे में जिनके कारण बाधा आई है, उन्हें दोष देने के बजाय, आपस में और क्लाइंट से बातचीत करके एंडलाइन को रीविजिट करें यानी समय सीमा बढ़ाएँ। इससे कार्य सही ढंग से और क्वॉलिटी के साथ पूरा हो पाता है।

ऐसा करते वक्त विशेषतः यह ध्यान रखें कि हर बार इस तरह से एंडलाइन बदलने की आदत न पड़ जाए। ऐसा निर्णय लेते वक्त यह ज़रूर देखें कि जो बाधा आई है वह वास्तविक है।

४. **स्वीकार करें–** दोष देने के कई कारणों में से एक मुख्य कारण है– 'लोगों के प्रति अस्वीकारभाव।' इंसान अपने साथ रहनेवाले या अपने संघ के लोगों के गुणों को तो चाहता है लेकिन उनकी कमियों और गलतियों को स्वीकार नहीं कर पाता। उनमें सदा दोष निकालता रहता है।

जैसे एक इंसान ने अपने मित्र से कहा, 'मैं एक ऐसी लड़की से शादी करना चाहता हूँ, जो खूबसूरत हो, पढ़ी-लिखी हो, अच्छी नौकरी करती हो, खाना स्वादिष्ट बनाती हो, सर्वगुण संपन्न हो।'

इस पर मित्र ने पूछा, 'फिर क्या हुआ, ऐसी लड़की मिली क्या?'

तब उस इंसान ने कहा, 'दस साल के बाद जब ऐसी लड़की मिली तब उसने मुझसे शादी करने से इनकार कर दिया?'

'क्यों?' सामनेवाले ने आश्चर्य से पूछा।

जवाब आया, 'क्योंकि वह भी एक आदर्श पति की तलाश कर रही थी।'

खैर, यह तो चुटकुला था मगर महत्वपूर्ण है कि संघ के सभी लोगों को वे जैसे हैं, उन्हें वैसे ही स्वीकार करना सीखना चाहिए। तभी आप संघ में एक–

दूसरे के लिए परस्पर सहायक बनकर पूर्ण विकास कर पाएँगे। अन्यथा दूसरों से यही चाहत रहेगी कि वे भी आपकी तरह ही कार्य करें।

जैसे कुछ लोग परफेक्शनिस्ट होते हैं। वे हर कार्य बखूबी पूरा कर लेते हैं। लेकिन ग्रुप में कार्य करते वक्त उन्हें लोगों में कुछ कमियाँ नजर आती हैं, जिन्हें वे स्वीकार नहीं कर पाते। वे उनमें या उनके कार्य में दोष निकालते रहते हैं तथा ग्रुप में सभी को परफेक्ट बनाने की कोशिश करते हैं। 'मैं जैसा हूँ, वैसे ही सब बनें', ऐसी उनकी चाहत होती है। इसके विपरीत जब सभी सदस्यों को वे जैसे हैं, वैसे स्वीकार करते हैं तब वे सभी को अपने ढंग से कार्य करने की अनुमति देते हैं।

संक्षेप में कहा जाए तो परफेक्ट लोगों की तलाश छोड़कर, जो लोग आपके साथ हैं, उन्हें पूर्ण रूप से स्वीकार करें। उन्हें सुधारने की कोशिश न करें और न ही दोष दें, जिससे आप और टीम के सदस्य दोनों भी तनावमुक्त रहेंगे।

भाग - 10

एक खेल जिसका अंत नहीं

एक समाजसेवी संस्था ज़रूरतमंद महिलाओं और बच्चों के विकास के लिए कार्य करती थी। इसके लिए संस्था द्वारा अलग-अलग कार्यक्रमों का आयोजन किया जाता था। एक बार उनकी टीम में एक नया मेंबर जुड़ा जो बहुत ही होनहार था। वह नए-नए पहलुओं पर सोच पाता था, जिससे संस्था कई सारी नई बातों का प्रशिक्षण आयोजित कर पाई तथा कम समय में ज़्यादा से ज़्यादा ज़रूरतमंदों तक सेवाएँ पहुँचा पाई।

उसकी कार्य पद्धति सबसे अलग थी तथा वह हँसते-खेलते, उल्लास के साथ कार्य को अंजाम तक ले जाता था। उसके आने से टीम में काफी अच्छे बदलाव आने लगे। उसकी सकारात्मक ऊर्जा के कारण थोड़े ही समय में टीम में सभी सदस्य उसे पसंद करने लगे।

उस टीम का एक मेंबर जो काफी पुराना था, बार-बार अपनी तुलना उस नए मेंबर के साथ करने लगा। उसे लगने लगा, 'मैं उसकी तरह कार्य क्यों नहीं कर पाया?... उसमें ऐसा क्या खास है, जो मुझमें नहीं है?... मैं उसकी

तरह सबका प्रिय क्यों नहीं बना?...' आदि। हालाँकि उसका तजुर्बा नए मेंबर से ज़्यादा था और वह भी हर कार्य बड़ी सहजता से समय पर पूरा करता था। मगर तुलना करने की वजह से धीरे-धीरे उसके मन में नए सदस्य के प्रति ईर्ष्या पनपने लगी।

टीम में नया मेंबर जैसे सभी के साथ व्यवहार करता, कार्य करता, जिस पद्धति को अपनाता, वह भी हू-ब-हू वैसा ही करने की कोशिश में लग गया। जिसका असर उसके व्यवहार पर ही नहीं बल्कि उसके काम पर भी दिखाई देने लगा। इस तरह सामनेवाले की नकल करने के चक्कर में वह अपनी मौलिकता (ओरिजनैलिटी) भी खोने लगा।

अकसर इंसान तुलना करके अपने आपको कम समझकर, उन सारी नियामतों को खो देता है, जो कुदरत ने उसे दी हैं। तुलना से भले ही शुरुआत में कोई नुकसान न दिखाई दे लेकिन इसका अंत दुःखदायी ही होता है, जैसे उस मेंबर के साथ हुआ।

तुलना पहले ऊपरी-ऊपरी बातों से जैसे- सुंदरता, ब्रॅन्डेड कपड़े और वस्तुओं से शुरू होती है। फिर बढ़ते-बढ़ते वह पैसों से होती है और उसके बाद पद (स्टेट्स) से होती है। अंततः यही तुलना ईर्ष्या का रूप ले लेती है, जिससे इंसान को अपने अंदर कुढ़न महसूस होती है। यदि आपको भी किसी को देखकर कुढ़न महसूस हो रही है तो समझ लें कि आप गलत दिशा में जा रहे हैं। जिसका बुरा असर आपके जीवन के हर स्तर पर पड़ सकता है। जैसे :

१. **आत्मसम्मान (सेल्फ एस्टीम) कमज़ोर होना** :

इंसान जब तुलना करता है तब असल में वह अपने ही आत्मसम्मान को कमज़ोर कर रहा होता है। दूसरों के गुणों या उपलब्धियों को देखकर वह खुद की आलोचना करता है। नतीजन उसके अंदर का विश्वास धीरे-धीरे कम होता जाता है। ऐसा इंसान टीम में भी हमेशा हीन भावना से ग्रस्त और सिकुड़ा हुआ रहता है। वह कोई निर्णय ठीक से नहीं ले पाता।

तुलना करके इंसान यह जानने की कोशिश करता है कि सामनेवाले के मुकाबले वह कहाँ पर है। यदि वह अपने आपको ज़्यादा काबिल पाता है तो उसका अहंकार बढ़ने लगता है और अगर कम पाता है तो वह निराशा से घिर जाता है। जिससे वह खुद को निम्न समझता है और कई बार अपने आपको किसी भी कार्य

के काबिल नहीं समझता। उसे लगता है दुनिया की सारी अच्छी बातें ईश्वर ने दूसरों को ही दी हैं और उसके पास कुछ भी नहीं है।

२. **टीम में लोगों से रिश्ते बिगड़ना :**

टीम में तुलना करने से लोगों के आपसी संबंधों में दरार आने लगती है। क्योंकि अनजाने में ही सही तुलना करने से इंसान अपने और दूसरे के अंदर ईर्ष्या का बीज बोता है।

३. **'दूसरों को क्या मिला' इसी पर ध्यान रहना :**

तुलना करनेवाला यह नहीं सोच पाता कि उसे क्या मिला है बल्कि उसका ध्यान हमेशा 'मेरे पास क्या नहीं है, जो दूसरों के पास है' इस पर ही लगा रहता है।

टीम में अकसर यह देखा जाता है कि लोगों का ध्यान अपने कार्य से ज़्यादा, दूसरों को कौन सा कार्य मिला है, इस पर होता है। भले ही उसके पास बेहतर कार्य आया हो लेकिन उसकी तुलना की नज़र उसे चैन से बैठने नहीं देती। वह हमेशा यही सोचता रहता है कि 'सामनेवाले को इतना आसान कार्य मिला है... उसकी कितनी तारीफ की गई, मैं कितना भी कार्य करूँ या कितने भी अच्छे तरीके से करूँ उस पर कभी कोई ध्यान ही नहीं देता... आदि।

४. **अपनी संभावनाओं को रोकना :**

हर इंसान की संभावना अनंत है जिसे वह तुलना करके रोक देता है। वह जिसके साथ अपनी तुलना करता है, जिसे देखकर अपना जीवन जीता है, उस इंसान ने जो-जो प्राप्त किया है, वह सब प्राप्त करने की उसकी इच्छा प्रबल बन जाती है। उससे अलग वह सोच ही नहीं पाता। इससे वह अपनी अनंत संभावनाओं को खोलने से वंचित रह जाता है।

तुलना एक ऐसा खेल है, जिसका कभी अंत नहीं होता। आप किसी भी पद पर पहुँच जाएँ, आपसे भी आगे कोई न कोई होगा। आप कितनी भी महँगी वस्तु क्यों न खरीद लें, उससे भी महँगी वस्तु होगी। यानी इस पृथ्वी पर कोई न कोई आपसे दो कदम आगे रहने ही वाला है और जो आपसे दो कदम आगे है, उसके भी आगे कोई न कोई होगा। इसलिए कभी खत्म न होनेवाले इस तुलना के खेल में न फँसें और अगर तुलना करनी ही है तो उसका सकारात्मक लाभ लें। जैसे :

१. अपने साथ तुलना करें :

यदि आप तुलना करना ही चाहते हैं तो अपने साथ करें। खुद से सवाल पूछें कि एक साल पहले आप कैसे थे और आज आपका कितना विकास हुआ है? खुद की तुलना खुद से करेंगे तो पता चलेगा कि आपमें कुछ गुण, कुछ योग्यताएँ आई हैं, जिसने आपको बेहतर ही बनाया है, आप टीम मेंबर्स को पहले से बेहतर समझने लगे हैं।

सोचें, अगर आप आज कोई कार्य ठीक से कर पा रहे हैं तो अगली बार वही कार्य और बेहतर तरीके से कैसे कर सकते हैं। इस तरह खुद से तुलना करके, आप अपने लक्ष्य की ओर बढ़ सकते हैं, उसमें सफल हो सकते हैं। दूसरों से तुलना करने में समय बरबाद करने के बजाय, खुद के विकास के लिए कार्य करें।

२. तुलना की जगह प्रेरणा लें :

टीम में कोई इंसान आपसे आगे है और उसके अंदर आपसे ज़्यादा योग्यता है तो तुलना करने के बजाय आप उस इंसान से प्रेरणा लें। उसकी योग्यता देखकर सोचें कि 'उसके अंदर कौन से गुण हैं जिस वजह से वह बेहतर कार्य कर पा रहा है? क्या मैं भी वे गुण पा सकता हूँ...?' इस तरह प्रेरणा पाकर अपने अंदर गुण लाने पर कार्य करें और अपने लिए भी वे संभावनाएँ खोलें।

३. 'हरेक अनोखा है' यह सोच रखें :

कुदरत ने एक पेड़ के दो पत्ते भी एक जैसे नहीं बनाए हैं, हरेक अपने आपमें अनूठा है। इसी तरह हर इंसान भी अपने आपमें अप्रतिम (यूनीक) है, पूर्ण है, हरेक के गुण अलग-अलग हैं।

दूसरों से तुलना करने के बजाय अपनी मौलिकता खोजने का प्रयास करें। जब आपको अपनी मौलिकता पता चलेगी तब आप उसे सँभालने तथा उजागर करने के लिए कार्य करना चाहेंगे।

भाग - 11

पीठ पीछे बुराई या पूर्णता

पीठ पीछे बुराई करनेवाले को कोई पसंद नहीं करता, फिर भी कई बार दूसरों की देखा-देखी इंसान स्वयं भी वही करते हुए पाया जाता है या बुराई सुनने की उत्सुकता रखता है। असल में यह इंसान की मानसिकता (ह्युमन साइकॉलॉजी) है, जो बात वह सीधे किसी से कह नहीं सकता, वही बात वह अन्य इंसान को बताने में सहज और सुविधाजनक महसूस करता है। मगर वह यह नहीं जान पाता कि ऐसा करना सामनेवाले की भावनाओं का मज़ाक उड़ाने व उसे ठेस पहुँचाने जैसा होता है और इसके कई दुष्परिणाम हो सकते हैं। जैसे :

१. **आपसी संबंध बिगड़ना–** जब इंसान को पता चलता है कि उसका मित्र या कोई सगा-संबंधी उसके पीठ पीछे बुराई करता है तब उनमें मनमुटाव होने की संभावना बढ़ जाती है।

२. **गलत वृत्ति को बढ़ावा मिलना–** जब एक इंसान किसी की पीठ पीछे बुराई करने लगता है तब सामनेवाला भी उसकी हाँ में हाँ मिलाकर उसके

अहंकार की पुष्टि करता है। क्योंकि किसी की बुराई सुनने में लोगों को अजीब सा आनंद मिलता है। इसलिए वे सामनेवाले को बुराई करने से रोक नहीं पाते। जिससे बुराई करनेवाले को ध्यान मिलता है, उसकी गलत वृत्ति को बढ़ावा मिलता है और वह इस आदत को ज़ारी रखता है।

३. **अधूरी जानकारी पहुँचना–** पीठ पीछे शिकायत करने का एक गंभीर पहलू यह भी है कि जिस इंसान की आप बुराई करते हैं, उस तक जब वह बात पहुँचती है तब उसमें काफी हेरफेर हो चुकी होती है। उसके पास आधी-अधूरी जानकारी पहुँचती है या फिर उसमें बहुत सी मिलावट हो चुकी होती है। जिस वजह से वह आपके बारे में गलत धारणा बना लेता है। साथ ही उसका सीधा असर आपके रिश्ते पर भी पड़ता है। टीम में यह गलती करने के बजाय पूर्णता करना सीखें।

पूर्णता क्या है :

पूर्णता का अर्थ है– बिना उत्तेजित हुए, सकारात्मक दृष्टि रखकर, जिससे मनमुटाव हुआ है, उसके सामने अपनी बात प्रस्तुत करना। बहुत कम लोग पूर्णता के बारे में जानकारी रखते हैं और इस पर कार्य करते हैं। असल में जीवन के सभी स्तरों पर इसका प्रयोग किया जा सकता है। मगर 'पूर्णता' करना तभी संभव है, जब आपको किसी भी रिश्ते में हुई अनबन, कटुता खलती है। आप दिल से चाहते हैं कि सामनेवाले से आपका रिश्ता स्नेहभरा हो। वरना पूर्णता करना एक औपचारिकता बन जाती है।

किसी भी रिश्ते में गलतफहमियाँ कब तैयार होती हैं? जब आपने किसी के बारे में किसी और से कुछ कहा। लेकिन तीसरे इंसान तक बात पहुँचे तब तक उसमें कुछ न कुछ मिलावट हो चुकी होती है। जिससे सामनेवाला आपके बारे में गलत राय बना लेता है। हालाँकि वह आपको कुछ नहीं कहता और आपको पता चलने पर आप भी उससे अपनी बात का स्पष्टीकरण नहीं कर पाते। जिस वजह से आप दोनों के बीच की बात अधूरी रह जाती है। जब कोई बात अधूरी रहती है तब वह खटकती है।

इसलिए टीम में अच्छा यह होगा कि जिनसे जो कहना है, सीधे उनके पास जाकर अच्छे शब्दों में कह डालें। बातचीत से गलतफहमियाँ दूर होकर पूर्णता भी हो जाती है और एक खुलेपन का माहौल बना रहता है।

पूर्णता क्यों करें :

सभी को पूर्णता चाहिए, अपूर्णता किसी को भी पसंद नहीं आती। एक छोटा बच्चा भी तोड़कर दिया हुआ आधा लड्डू पसंद नहीं करता। मगर वही लड्डू पुनः गोल बनाकर दिया तो वह बड़ा खुश होता है।

इसी तरह जब हमारे मन में किसी के लिए कोई नकारात्मक भावना होती है या कुछ ऐसा होता है, जो हम बोलना चाहते हैं मगर बोल नहीं पाते तब हमें अधूरापन महसूस होता है। फिर जब हम वह बोल देते हैं तो हमें पूर्णता महसूस होती है।

जैसे आपका कोई काम अधूरा रह गया हो तो वह बार-बार याद आता रहता है, 'अरे! ये काम करना है, अभी ये काम रह गया है।' जब वह काम पूर्ण होता है तब आप रिलैक्स हो जाते हैं, आपको अच्छी नींद आती है।

वैसे ही टीम में यदि किसी के लिए मन में कुछ अनकही बात रह जाती है; खासकर जब किसी की कोई बात अटकी-खटकी होती है तब ज़्यादा अपूर्णता का एहसास होता है। जिस कारण उस इंसान को बार-बार वे ही विचार आते हैं और वह परेशान होता रहता है। किसी से कुछ कहे बिना ही, मन पर लगी चोट लेकर चलता है। अपनी भावना को मन में दबा डालता है या उस इंसान की बातें किसी और को नकारात्मक तरीके से बताकर अपने मन को राहत देता है। लेकिन दोनों स्थिति में अगर इंसान ने पूर्णता की होती तो वह उसी वक्त दुःखद (हर्ट फीलिंग) भावना से मुक्त हो सकता था।

मनन करें कि संघ में हमें कहाँ-कहाँ अपूर्णता महसूस होती है? हमने ऐसा क्या नहीं कहा है, जो कहना चाहिए था? किन-किन लोगों की जाने-अनजाने में पीठ पीछे बुराई की है? इत्यादि।

पूर्णता कैसे करें :

पूर्णता दो बातों के लिए की जाती है:

१. नकारात्मक- जब किसी की बात हमें अच्छी नहीं लगी या किसी से मनमुटाव हुआ हो

२. सकारात्मक- जब किसी की बात हमें अच्छी लगी और हम उसे बताना चाहते हैं।

१. **नकारात्मक बातों के लिए** : जीवन में हुई छोटी से लेकर बड़ी अनबन को बोलकर स्पष्ट करना महत्वपूर्ण है। जिस किसी से अनबन हुई है, उसी के सामने मन को साफ करें और एक-दूसरे को माफ करें। एक-दूसरे की बातों का आशय (इरादा) स्पष्ट करें ताकि दोनों के रिश्ते में घनिष्ठता हो।

याद रहे, पूर्णता आप कभी भी, किसी के साथ भी, कहीं पर भी कर सकते हैं। जब आप अच्छे शब्दों का प्रयोग करते हैं तब सामनेवाला आपको सुनने के लिए तैयार होता है और वह भी अपनी बात आपके सामने रखने में सहजता महसूस कर पाता है।

पूर्णता करने के लिए खुलकर, उचित शब्दों में वार्तालाप करने के साथ-साथ मन की शुद्धता भी ज़रूरी है। क्योंकि पूर्णता करना किसी की गलती बताना, दोष देना या उसे नीचा दिखाना नहीं है बल्की अपनी भावनाओं को अच्छे ढंग से सामनेवाले तक पहुँचाना और उसकी भावनाओं को समझना 'पूर्णता' है।

किसी के प्रति आपके मन में यदि द्वेष, नफरत या क्रोध के भाव हैं तो आप सामनेवाले से खुलकर बात नहीं कर पाएँगे। इसके विपरीत सामनेवाले के प्रति यदि आपके मन में बिगड़ी बात को सुधारने का भाव है तो उनसे कहें, 'मेरे मन में आपके लिए यह बात काफी दिनों से थी, जो मैं आपको नहीं बता पाया मगर आज बताना चाहता हूँ। कृपया मेरी बात का गलत अर्थ न निकालें। यह मेरी भावना है, जो मैं आप तक पहुँचाना चाहता हूँ। शायद मैं गलत भी हो सकता हूँ लेकिन मैं अपनी तरफ से पूर्णता करना चाहता हूँ।' इस तरह पूर्णता कर लेने के बाद आपको वह बात परेशान करना बंद कर देगी।

यदि आपको आमने-सामने बोलने में झिझक हो तो आप सामनेवाले को ई-मेल, वॉट्स ऍप या एस.एम.एस. करके भी अपनी बात पहुँचा सकते हैं।

टीम में आप क्रिएटिव तरीके से भी पूर्णता कर सकते हैं। जैसे- किसी दिन 'गेट टूगेदर' या 'छोटी सी पार्टी' का आयोजन किया जा सकता है। जहाँ पर सभी सदस्यों के लिए कुछ मनोरंजक खेल आदि की व्यवस्था की जा सकती है। इस तरह खेल-खेल में आपसी गिले-शिकवे मिटाकर फिर से नए सिरे से दोस्ती की शुरुआत की जा सकती है।

२. **सकारात्मक बातों के लिए :** पूर्णता सिर्फ नकारात्मक बातों के लिए ही नहीं बल्कि अच्छी बातों के लिए भी की जाती है। यदि किसी के सकारात्मक पहलू आपको अच्छे लगे हों तो वे उन्हें बताएँ। वरना कई लोग दूसरों की अच्छी बातें, जो वे जीवनभर महसूस करते रहे, उन्हें बता ही नहीं पाते।

उदाहरणतः आपके संघ का कोई सदस्य कार्य को समय पर पूरा करता है, नए कार्य की ज़िम्मेदारी लेने की पहल करता है। उसके प्रति आपके मन में विचार आता है कि 'कितना अच्छा काम करता है' लेकिन कभी आपने उसे यह कहा ही नहीं तो आपकी यह भावना आपको अपूर्णता का एहसास कराती है। इसलिए लोगों की जो बातें आपको पसंद आती हैं, वे बताकर उनसे पूर्णता करें।

कई बार लोग यह सोचकर लोगों की अच्छाई नहीं बताते कि 'यह तो हमेशा अच्छा ही काम करता है, इसे क्या बताना?' मगर खयाल रहे, विश्व में ९० प्रतिशत लोगों का विकास- सकारात्मक शब्दों, तारीफ, सराहना पाने से हुआ है। सकारात्मक शब्द इंसान को प्रोत्साहित करते हैं। समय पर दी गई शाबाशी, पुरस्कार इंसान को आगे बढ़ने के लिए प्रेरित करता है। इसलिए किसी के बारे में आ रहे अच्छे विचार को मन में न रखें, बताकर पूर्णता कर लें ताकि दोनों खाली मन से कार्य कर पाएँ।

पूर्णता कब करें :

१. पूर्णता करने के लिए टीम में ऐसा सिस्टम बनाया जाए कि महीने में एक मीटिंग के अंत में सभी सदस्य एक-दूसरे से पूर्णता करें। किसी के लिए कुछ नकारात्मक या सकारात्मक भावना महसूस हो रही है तो उसे निःसंकोच कह डालें।

२. जब आप किसी से मिलें तब बातचीत के बाद अपने आपसे पूछें, 'आज का हमारा वार्तालाप पूर्ण हुआ कि नहीं?' यदि आपको लगे कि 'पूर्ण नहीं हुआ' तो रुकें और सामनेवाले से कहें कि 'देखो, मैंने इस-इस तरह कहा, अगर आपको बुरा लगा हो तो मुझे माफ करना, आपको दुःखी करने का मेरा कतई इरादा नहीं था।' आपकी बातें सुनकर, आपकी पूर्णता तथा शुद्ध भाव जानकर हो सकता है कि सामनेवाला आपसे कहे, 'ऐसी कोई बात नहीं है, मैं भी अगर आपकी जगह होता तो शायद यहीं करता।' इस तरह यहाँ पर

मुलाकात की पूर्णता होगी। अब न ही वह अपने मन में आपके बारे में कुछ गलत सोचेगा और न ही आप उसके बारे में कुछ गलत धारणाएँ बनाएँगे। आप दोनों ने उस घटना को वहीं पर पूर्ण करके छोड़ दिया।

३. जब भी याद आए कि 'फलाँ के साथ मेरी बात अधूरी रह गई' या 'मुझे उसके लिए अच्छी भावना नहीं आ रही' तब जितना जल्द हो सके सामनेवाले से अपनी बात पूर्ण कर लें।

४. जब किसी सदस्य ने रचनात्मक तरीके से अपना कार्य पूर्ण किया और आपको अच्छा लगा तो बिना हिचकिचाए कह डालें, 'यह काम बढ़िया हुआ है, आगे भी इसे ज़ारी रखना।'

इस तरह पूर्णता का महत्त्व समझकर ग्रुप का बेहतरीन लाभ लें। अगर आपमें पूर्णता की आदत है तो आपका व्यवहार हरेक के साथ शांतिपूर्ण और संतुष्टिभरा होगा, जिस कारण आप हर परिस्थिति में अपने ग्रुप के साथ खुशी से जुड़े रहेंगे।

भाग - 12

रिजिड न बनें

इंसान एक उम्र तक नई बातें सीखने, नई ज़िम्मेदारियाँ या चुनौतियाँ लेने तथा नए प्रयोग करने के लिए खुला रहता है। समय के साथ जैसे-जैसे वह अपने कार्य में सेटल (स्थिर) होता जाता है, वैसे-वैसे उम्र और अनुभव बढ़ने के साथ उसमें जड़ता (रिजिडिटी) आने लगती है।

रिजिडिटी यानी अपनी बात पर अड़े रहना या अपनी बात से टस से मस न होना। कुछ लोगों में एक समय के बाद मानसिक कठोरता आने लगती है। उनके अंदर नई बातों को अपनाने में अवरोध तैयार हो जाता है। उन्हें कोई भी बदलाहट पसंद नहीं आती। फिर वह कार्य करने का तरीका हो, नया कार्य करना हो, संघ में नए लोगों को जोड़ना हो, नए डिपार्टमेन्ट में जाना हो या नई जगह पर शिफ्ट होना हो। इन बातों के लिए वे खुद तो तैयार नहीं होते, साथ ही कभी-कभी अन्य सदस्यों पर भी अपने विचार थोपने लगते हैं ताकि सभी उस बदलाव का विरोध करने में उनका साथ दें।

ऐसे लोग नहीं जानते कि अड़ियल बनकर वे कंपनी

का, टीम का और अपना नुकसान कर रहे हैं।

कई बार जब कंपनीज में आर्थिक स्तर पर संकट की स्थिति तैयार होती है तब प्रबंधन (मैनेजमेंट) को कंपनी के खर्चों को कम करना पड़ता है (कॉस्ट ऑप्टिमजैशन)। इसके लिए कभी-कभी उन्हें कुछ कर्मचारियों को कंपनी से निकालना (ले ऑफ) करना पड़ता है। तब सबसे पहले वे ऐसे कर्मचारियों को ढूँढ़ते हैं, जो अपने कार्य या कार्य करने के तरीके के साथ रिजिड हो चुके हैं, लचीलापन खो चुके हैं। जो नई बातों का स्वीकार नहीं कर पाते, नया कार्य सीखना नहीं चाहते।

इस परिस्थिति से बचने के लिए आइए, रिजिडिटी आने के कारणों को जान लेते हैं ताकि समय रहते उन पर मनन कर, इस गलती से बचा जा सके।

१. **कार्य, टीम और स्थान से लगाव–** जब लोग लंबे समय तक एक ही टीम में, एक ही जगह पर, एक ही प्रोजेक्ट पर, एक ही प्रकार का काम करते हैं तब उन्हें उस टीम, जगह, कार्य या उससे जुड़े परिणाम के साथ लगाव हो जाता है। ऐसे में किसी कारणवश उन्हें ये बातें बदलनी पड़ें तो वे तुरंत इस परिवर्तन से बचने के उपाय सोचने लगते हैं।

२. **कम्फर्ट झोन यानी आराम सीमा न तोड़ पाना–** कुछ लोग अपने कार्य तथा टीम में सुविधाजनक महसूस करते हैं इसलिए वे उसी कम्फर्ट झोन (आराम सीमा) में रहना पसंद करते हैं। हर दिन वे एक निर्धारित समय के लिए ही काम कर पाते हैं। ऐसे में यदि उन्हें किसी अन्य कार्य या टीम में जोड़ा जाए, जिसमें थोड़ी ज़्यादा मेहनत या समय लगनेवाला है, उन्हें अपनी आराम सीमा तोड़कर कार्य करना पड़े तो वे उस कार्य को करना या ऐसी टीम में जुड़ना पसंद नहीं करते।

३. **कुशलता (स्किल्स) या आत्मविश्वास की कमी–** कुछ लोगों के अंदर कुछ स्किल्स की कमी होती है। जैसे ज़्यादा लोगों के सामने बात न कर पाना, अपनी बात को अच्छी तरह से न समझा पाना आदि। साथ ही उनके अंदर नया सीखने की तैयारी भी नहीं होती। ऐसे में वे जो काम करना सीख गए हैं, जिस कार्य की उन्हें आदत हो चुकी है या एक सीमा तक उस काम में निपुणता आ चुकी है, वे उसी में रहना पसंद करते हैं।

इसी प्रकार कुछ लोगों के अंदर आत्मविश्वास की कमी होती है। जिस कारण

यदि उनके सामने कार्य करने के नए विकल्प आएँ या उन्हें नए प्रयोग करने को कहें तो वे इसे आसानी से नहीं ले पाते। क्योंकि नए प्रयोग की असफलता की ज़िम्मेदारी लेने का साहस उनमें नहीं होता। थोड़ा भी जोखिम उठाने से पहले उन्हें कई बार सोचना पड़ता है। असफलता के डर के कारण उन्हें अपने कार्य को पुराने तरीके से ही करते रहना ज़्यादा आसान लगता है।

४. **कार्य पर ठप्पा लगाना–** कोई भी कार्य उच्च या निम्न नहीं होता। लेकिन कुछ लोग कार्य को लेबल लगाते हैं। कार्य के प्रकार के अनुसार उसे श्रेष्ठ या निम्न समझते हैं। जिस कारण वे ऐसे ही कार्य करने के लिए तैयार होते हैं, जो उन्हें उनकी योग्यता अनुसार सही लगते हैं। ऐसे में यदि उन्हें उनके कार्य के अतिरिक्त कोई अन्य काम दिया जाए तो 'यह मेरा कार्य नहीं है', कहकर वे उससे मुँह मोड़ लेते हैं।

रिजिडिटी की समस्याओं से बचने के लिए अपने अंदर फ्लैग्जिबिलिटी (लचीलेपन) का गुण आत्मसात करें। फ्लैग्जिबिलिटी का अर्थ अपने विचारों से, अपने मत से समझौता करना नहीं है और न ही दूसरों के सामने झुकना। बल्कि सबके दृष्टिकोण को सुनकर, समझकर उनमें से परिस्थिति के अनुसार और सभी के हित के लिए बेहतर चुनाव चुनना। इस गुण को लाने के लिए आप इन उपायों को प्रयोग में ला सकते हैं।

१. **परिस्थिति अनुसार खुद को ढालें तथा बदलावों के लिए हमेशा तैयार रहें :**

हर परिस्थिति के अनुसार खुद को ढाल पाना एक अनमोल गुण है। जो इस गुण को अपनाते हैं, वे न सिर्फ अपने कार्यक्षेत्र में बल्कि जीवन के हर स्तर पर स्थिर रह पाते हैं। अतः कार्यक्षेत्र में आनेवाले बदलावों के लिए हमेशा तैयार रहें। चाहे वह बदलाव कार्य में हो, कार्य करने के तरीके में हो, टीम में हो, कार्य की प्रणाली (सिस्टिम) में हो या स्थान में हो।

बदलाव कुदरत का अटल नियम है और यह इंसान को अगले स्तर पर ले जाने के लिए ही आता है। जब हम बदलाव के प्रति रिजिड हो जाते हैं तब अपनी ही संभावनाओं को रोक देते हैं। इसलिए किसी बात से लगाव न रखते हुए बदलाव को अपनाएँ।

२. **नए विकल्पों के लिए सदा खुले रहें :**

हर बात को करने के कई सारे तरीके हो सकते हैं। अपने ही या किसी एक ही तरीके को सही मानकर उसके लिए रिजिड न बने रहें। कंपनी या टीम के किसी मेंबर द्वारा दिए गए नए विकल्प के लिए सदा खुले रहें। हर इंसान का दृष्टिकोण अलग होता है इसलिए सबके विकल्पों को सुन लें। हो सकता है नए विकल्प के प्रयोग से किसी कार्य को बड़ी सहजता और सरलता से किया जा सके। जिससे आपका बहुत सारा समय और मेहनत बच जाए।

३. **नया सीखने के लिए तैयार रहें :**

कुछ सालों पहले जब कंप्यूटर्स नहीं थे तब लोग यह कल्पना भी नहीं कर सकते थे कि सौ लोगों का कार्य एक मशीन कर सकती है और वह भी कम से कम समय में, बिना गलती के !

एक समय था जब कंप्यूटर सीखने के लिए लोग तैयार भी नहीं थे। लेकिन आज स्थिति बदल गई है, लोग कंप्यूटर के बिना कार्य करने की सोच भी नहीं सकते। ऑफिस में काम करनेवाला कर्मचारी हो, गृहिणी हो या सब्ज़ी बेचनेवाला, सभी नई टेक्नोलॉजिज का इस्तेमाल कर, कई सारी बातों के लिए उसका लाभ ले रहे हैं।

अब ज़रा कल्पना करके देखें, यदि लोग उस वक्त कंप्यूटर्स या मोबाइल्स सीखने के लिए तैयार नहीं होते तो आज उनका जीवन कैसा होता था ? आज जो लोगों की संभावनाएँ खुली हैं, वे कभी नहीं खुल पाती थीं। नयेपन में आपके जीवन को नया बनाने की शक्ति होती है, जो आपको विकास की ओर ले जाती है। अतः जब भी नया सीखने का मौका मिले तो उसके लिए सदा तैयार रहें।

४. **अपने कार्यों में रचनात्मकता लाएँ :**

कई लोगों को जीवनभर एक ही तरह का काम करना पड़ता है। ऐसे में वह कार्य उन्हें नीरस (मोनोटोनस) लगने लगता है। जिसके परिणामस्वरूप कुछ सालों बाद वे अपने कार्य से असंतुष्ट रहने लगते हैं।

ऐसा न हो इसके लिए इंसान को अपने अंदर रचनात्मकता यानी क्रिएटिविटी को बढ़ाना होगा। कहने का अर्थ– आप उसी कार्य को करने के लिए दूसरे तरीके खोजें और उनके अनुसार अलग-अलग दिनों पर नए ढंग से उसे करें तो वे ही कार्य

आपको नई ऊर्जा और नए उत्साह से भर देंगे।

यह संभव न हो तो आप हर दिन की अपनी कार्यसूची में कुछ कार्य ऊपर-नीचे करके देखें यानी कुछ कार्यों का समय बदलते रहें। इसी के साथ आप अपने टेबल को बीच-बीच में री-अरेंज कर सकते हैं यानी उस पर रखी वस्तुओं की जगह बदलते रहें। इससे कार्य करने के तरीके में मशीनीयत नहीं आएगी। कभी-कभी आप अपनी मीटिंग का स्थान, समय तथा तरीका भी बदल सकते हैं।

इस तरह क्रिएटिविटी और नए तरीके से कार्य करने के छोटे-छोटे प्रयोग आपके अंदर लचीलापन लाने में मददगार साबित होंगे।

उपरोक्त उपायों को छोटे-छोटे कदमों के साथ उपयोग में लाने से आप अपने अंदर की जड़ता को समाप्त कर सकते हैं। जिससे आप हमेशा नए के लिए खुले रहेंगे... आपके अंदर फ्लैग्जिबिलिटी का गुण विकसित होगा।

लचीला इंसान टीम में कार्य करते वक्त आनेवाली तनावपूर्ण या अनपेक्षित और अपातकालिन (एमर्जेन्सी) परिस्थितियों को अच्छे तरीके से सँभाल पाता है। साथ ही आखिरी वक्त पर आनेवाली ज़रूरतों को समझकर, उन्हें पूरा कर पाता है।

अतः अपनी टीम के साथ मिलकर लचीलेपन का गुण सभी में लाने के लिए कार्ययोजना बनाएँ। इससे आपकी टीम हर कार्य को किसी भी परिस्थिति के बावजूद आसानी से सफलता की ओर ले जाने में सक्षम बनेगी।

भाग - 13

मतभेद, मनमुटाव न बने

एक विज्ञापन कंपनी ने अपनी एक टीम को १ मिनट का विज्ञापन बनाने का प्रोजेक्ट दिया। सभी ने उस पर चर्चा करने के लिए एक मीटिंग रखी। लेकिन धीरे-धीरे मीटिंग ने बहस का रूप ले लिया और सभी सदस्य वाद-विवाद में पड़ गए।

किसी ने कहा, 'हम प्रोडक्ट की ओपनिंग किसी जानी-मानी हस्ती से करवाएँगे।' दूसरे ने कहा, 'नहीं, इसके लिए बहुत पैसे खर्च होंगे, हम बहुत सिम्पल मगर पावरफुल तरीके से विज्ञापन बनाएँगे, जिसमें प्रोडक्ट के महत्त्व के बारे में बताएँगे।' किसी ने सुझाव दिया, 'हम सिर्फ एक टैग लाइन डालेंगे।' किसी ने बात बीच में काटते हुए कहा, 'नहीं, हम नई ऍनिमेशन (animation) स्टाइल डालेंगे।' इस तरह सभी अपनी-अपनी राय बताते हुए इस बहस में लग गए कि 'मेरा सुझाव औरों से कैसे बेहतर है।'

जब तक सभी अपनी राय बताकर, बहस करके नई आयडिया ढूँढ़ने का प्रयास कर रहे थे तब तक सही था। मगर जैसे ही 'सामनेवाले की आयडिया से मेरी आयडिया

ज़्यादा अच्छी है और उसे ही माना जाए', यह विचार सभी में आने लगा तब बात बिगड़ गई। क्योंकि बहस- आयडिया या सिस्टम पर हो तो किसी को बुरा नहीं लगता। मगर जैसे ही किसी के व्यक्तित्त्व पर सवाल उठने लगते हैं तब यही मतभेद मनमुटाव में बदलने लगता है।

आपने भी कई बार मीटिंग में ऐसे होते हुए देखा होगा। टीम में सभी का नज़रिया और विचार अलग-अलग होने के कारण आपस में टकराव होना स्वाभाविक है।

जब दो या उससे अधिक लोग एक साथ, एक जगह आते हैं तो संभावना होती है कि वे मिलकर कोई बड़ा कार्य करें। लेकिन टीम में कभी-कभी किसी बात को लेकर उनमें मतभेद और मनमुटाव हो जाता है। ये मतभेद छोटे होते हैं मगर उन्हें सही समय पर नहीं रोका गया तो वे आगे चलकर विकराल रूप ले सकते हैं। यह बिलकुल एक माचिस की तीली समान है। जैसे एक तीली पूरे जंगल को आग लगा सकती है, वैसे ही किसी का एक छोटा सा आपसी टकराव पूरी टीम को बिखेर सकता है।

टीम में मनमुटाव या मतभेद होने के पीछे कई कारण हो सकते हैं। जैसे :

१. किसी को किसी के शब्दों से, व्यवहार से या उसकी देहबोली (बॉडी लैंग्वेज) से गलतफहमी हो जाती है। जैसे मीटिंग में किसी ने किसी की बात न सुनते हुए, जाने-अनजाने में मुँह फेर लिया तो इंसान को बुरा लग सकता है। उसे गलतफहमी हो जाती कि सामनेवाले ने उसे नज़रअंदाज़ किया। वह उस चुभन को मन में दबाकर रखता है, जो आगे चलकर मनमुटाव का कारण बन जाता है।

२. टीम में कुछ लोग आलसी होते हैं तो कुछ लोग तेज़ी से कार्य करना पसंद करते हैं। कुछ शांति से तो कुछ बातचीत का मज़ा लेते हुए कार्य करते हैं। ऐसे में विपरीत स्वभाव के लोग एक साथ कार्य करें तो संभावना है कि उनमें मतभेद शुरू हो जाए।

खैर कारण कोई भी हो, समय रहते ही इन्हें मिटाना ज़रूरी है। टीम में सभी का एक-दूसरे से तालमेल बनाए रखने के लिए हर सदस्य की यह ज़िम्मेदारी बनती है कि वह दिए गए कदमों से टीम में आपसी मनमुटावों को दूर करे।

१. **सभी की उपस्थिति सही और अनिवार्य हो :**

टीम में होनेवाले टकराव का हल निकालने के लिए मीटिंग में सभी सदस्यों की उपस्थिति अनिवार्य है। जिससे सभी एक-दूसरे से विचार-विमर्श कर, समस्या के समाधान तक पहुँच सकें। साथ ही मीटिंग में सबकी उपस्थिति यह दर्शाती है कि वे टीम को पहले स्थान पर रख रहे हैं तथा वे अपनी व्यक्तिगत राय या विचारों को दूसरे स्थान पर रखते हैं। इसलिए यहाँ एक और शब्द जोड़ा गया 'सही उपस्थिति'। इसका मतलब टीम में सभी की दृष्टि समाधान ढूँढ़ने पर हो, न कि समस्या पर जमी रहे। यही तैयारी टकराव दूर करने का पहला कदम बनती है।

२. **पद के दायरे को स्पष्ट करें :**

टीम में लोगों के पद और उनके कार्य से संबंधित दायरे स्पष्ट होने अति महत्वपूर्ण हैं। जब टीम को अपनी भूमिका स्पष्ट होगी तब वह बिना उलझन और परेशानी के, शांति से अपना कार्य बेहतर कर पाएगी। अन्यथा लोग एक-दूसरे के काम में दखलअंदाज़ी कर सकते हैं, जिससे किसी को बुरा लग सकता है। उदाहरण के तौर पर यदि टीम का कोई सदस्य किसी दूसरे सदस्य से कार्य करने पर ज़ोर डाले या अपने तरीके से काम करने की राय दे तो वह उसे अखर सकता है। क्योंकि उसके अनुसार यह अधिकार केवल टीम लीडर का है, न कि सहकर्मी का। अतः किससे, कौन से सवाल पूछने चाहिए, कौन से नहीं- ये दायरे और सीमाएँ पहले ही स्पष्ट किए जाएँ ताकि सदस्यों में आपसी टकराव न हो।

३. **शिकायतें और सुझावों की मीटिंग लें :**

टीम में पूर्णता मीटिंग के साथ-साथ कभी-कभार शिकायतें और सुझावों पर भी बात कर लेनी चाहिए। इसमें यदि टीम के किसी भी सदस्य को किसी के लिए, कोई शिकायत है तो वह उसे बताए, साथ ही सामनेवाले में सुधार लाने के उद्देश्य से सुझाव भी दे।

जैसे किसी की शिकायत है कि 'तुम्हारे देरी से काम करने की वजह से पूरी टीम को इसका परिणाम भुगतना पड़ता है।' इस पर एक सदस्य ने सुझाव दिया, 'यदि तुम थोड़ा जल्दी आओ या देर तक काम करो तो तुम अपना काम समय पर कर सकते हो।' दूसरे ने सुझाव दिया, 'तुम अपने सारे पिछले अधूरे कार्य पूरे करने के बाद ही कोई नया काम हाथ में लो।' इस तरह टीम में सभी को एक-दूसरे से

फीडबैक लें और उसमें सुधार करने की कोशिश करें।

ध्यान रहे, लोग सिर्फ सुझाव दें, सामनेवाला उस पर काम करे ही, यह अपेक्षा या ज़िद न रखें। वरना आपसी टकराव होने की संभावना बढ़ जाएगी। साथ ही सुननेवाले यह समझ रखें कि सामनेवाला अपने दृष्टिकोण से शिकायत और सुझाव दे रहा है। उस पर कितना और कैसे कार्य करना है, यह उसका अपना निर्णय होगा।

ऐसे मिटिंग में हुई बातों को मान-सम्मान का विषय न बनाएँ, न ही उसे व्यक्तिगत रूप से लें। जाने-अनजाने में कभी आपको संघ में अपमान महसूस हो तो उसे फीडबैक (टिप्पणी) समझें। उस पर मनन करके अपने आपमें योग्य परिवर्तन लाएँ।

४. अपने क्रोध पर नियंत्रण रखें :

कार्यस्थल पर इस बात का ध्यान रखा जाए कि कभी भी अपने क्रोध को अपने ऊपर हावी होने न दें। कार्य में कौन-कौन सी बातों से चिड़चिड़ होती है या क्रोध आता है, इसके लिए सजग रहें। ऐसे लोगों से सदा दूरी बनाए रखने की कोशिश करें, जो आपको जान-बूझकर क्रोध दिलाने का काम करते हैं। आपकी कोशिश यह रहे कि टीम में सबकी शांतिपूर्ण उपस्थिति बनी रहे।

६. एक-दूसरे के प्रति विनम्र रहें :

एक-दूसरे के साथ विनम्रता से व्यवहार करने से भी मतभेद और मनमुटाव होते हैं। क्योंकि विनम्रता की भावना इंसान से कभी कोई गलत काम नहीं करवाती।

आपका विनम्र प्रतिसाद सामनेवाले में आदर जागृत करेगा, जो टीम में एकता की भावना बढ़ाएगा। इसलिए शिष्टाचार को सदा पहले स्थान पर लाएँ। किसी से भी रूखेपन से पेश न आएँ। क्योंकि कोई भी इंसान ऐसे माहौल में काम नहीं करना चाहता, जहाँ उसे अपने सहकर्मियों से निरादर मिलता हो। इसलिए हमेशा आदर देने और विनम्रता रखने को महत्त्व दें।

भाग - 14

कमजोरियों को मज़ाक न बनाएँ

ग्रुप में कार्य करते वक्त कुछ लोगों से कभी-कभी यह गलती हो जाती है कि वे दूसरों की कमज़ोरियों का मज़ाक उड़ाते हैं या एक-दूसरे को ताने देते रहते हैं।

किसी का मज़ाक उड़ाकर या किसी पर व्यंग करके ऐसे लोग ह्युमर तैयार करते हैं। किसी को काला-गोरा, मोटा-पतला, ठिंगना-ऊँचा कहकर वे खुद तो हँसते ही हैं और बाकी सदस्यों को भी हँसाते हैं।

कुछ लोग टीम के सदस्य की आलोचना करने में आनंद लेते हैं। उन्हें बार-बार उनके अंदर के दोष या कमियाँ दिखाते रहते हैं। ऐसा करके वे न सिर्फ उस सदस्य को नुकसान पहुँचाते हैं बल्कि खुद का और ग्रुप का भी नुकसान करते हैं।

आइए, संघ में होनेवाली इन गलतियों और उनके दुष्परिणामों को समझें :

१. हीन भावना जगना :

संघ में कार्य करते वक्त सभी अपने गुणों के अनुसार

ही अपना योगदान देते हैं। टीम में यदि किसी का मज़ाक उड़ाया जाए या उसे ताने मारे जाएँ तो उसके अंदर हीन भावना पनपने लगती है। वह अपने आपको दूसरों से कम समझने लगता है और अपना आत्मविश्वास खो बैठता है।

२. अपराधबोध जगना :

कभी-कभी कोई कौशल (स्किल) न होने के कारण किसी सदस्य से कुछ गलतियाँ हो जाती हैं। ऐसे में बार-बार उसे वे ही कमियाँ बताते रहने से वह इंसान अपने आपको उस ग्रुप के लिए अपात्र समझने लगता है। उसमें अपराधबोध जगता है और ऐसा लगातार चलता रहा तो वह ग्रुप छोड़कर भी जा सकता है।

३. लापरवाही आना :

ग्रुप में होनेवाले व्यर्थ हँसी-मज़ाक से धीरे-धीरे संघ के सदस्य लापरवाह हो जाते हैं। उन्हें ऐसी बातों में ही दिलचस्पी आने लगती है और वे ग्रुप के प्रति लापरवाही बरतने लगते हैं। जिससे ग्रुप का ध्यान लक्ष्य से हट जाता है और उसके दुष्परिणाम जल्द ही दिखाई देने लगते हैं।

४. गलत आदत तैयार होना :

ग्रुप में हमेशा मज़ाक उड़ानेवाले के अंदर बुरी आदत का निर्माण होता है। उसका ध्यान लगातार इसी बात में होता है कि कैसे दूसरों का मज़ाक उड़ाया जाए। जब तक वह किसी का मज़ाक नहीं उड़ाता तब तक उसे चैन नहीं आता। जिससे वह संघ के असली मकसद से भटक जाता है।

जैसे कॉलेज में कुछ शरारती विद्यार्थी क्लासरूम में पीछे बैठकर कमेंट्स पास करते हैं तो बाकी बच्चों को मज़ा आता है। लेकिन इससे वे पढ़ाई से डिस्ट्रैक्ट (विचलित) होकर, लापरवाह भी हो जाते हैं। ऐसा लगातार चलने से सबसे ज़्यादा नुकसान उसी विद्यार्थी का होता है, जो सबका मज़ाक उड़ाता है। क्योंकि उसका ध्यान पढ़ाई से पूरी तरह हट जाता है और वह हर वक्त यही सोचते रहता है कि 'अब किसका मज़ाक उड़ाऊँ?'

इसी तरह कंपनीज में भी टीम मेंबर्स से अकसर यह गलती होती है। कुछ मेंबर्स दूसरे मेंबर्स की या कुछ सिनिअर्स, उनके जुनिअर्स की छोटी-छोटी गलतियों पर भी बहुत हँसते हैं, उसे बढ़ा-चढ़ाकर सबको बताते फिरते हैं, उनकी आलोचना करते

हैं। इससे कुछ लोग डिमोटिवेट होते हैं। जिस कारण उनसे अधिक गलतियाँ होने लगती हैं।

ग्रुप में होनेवाले ऐसे अनावश्यक हँसी-मज़ाक या क्रिटिसिजम के नुकसानों से बचने के लिए आगे दिए गए सुझावों को अपनाया जा सकता है।

१. मज़ाक न उड़ाएँ, आत्मविश्वास बढ़ाएँ :

ग्रुप में इस बात की सावधानी बरतें कि किसी सदस्य के मन में अपराधबोध या हीन भावना जन्म न ले बल्कि उसका आत्मविश्वास बढ़े। उसे विकास की राह पर आगे बढ़ने में मदद मिले। अपनी कमज़ोरी दूर करने के लिए क्या करे, यह उसे बताएँ, उसे सीखने का मौका दें। यह सहयोग ग्रुप के सभी लोग कर सकते हैं, जो ग्रुप की ज़िम्मेदारी भी है और ताकत भी।

२. अवगुण नहीं, गुण देखें :

संघ में प्रत्येक इंसान में कुछ गुण तो कुछ अवगुण होते हैं। आदत अनुसार लोगों की नज़र ज़्यादातर दूसरों के अवगुणों पर ही होती है। आदतन जीभ उसी दाँत पर अधिक जाती है, जो टूटा हुआ है, बिलकुल वैसे जैसे सफेद कागज़ पर काला दाग उभरकर दिखाई देता है।

संघ में कार्य करते-करते लोग एक-दूसरे के नकारात्मक पहलू देखने लगते हैं। जैसे- मेरे ग्रुप में यह इंसान हमेशा देर से ही आता है, फलाँ-फलाँ हमेशा गलती करता रहता है, फलाँ व्यक्ति कार्य ठीक से नहीं करता इत्यादि। जिससे उसके मन में हर एक के प्रति कुछ न कुछ शिकायत उठते रहती है। फिर वही उसकी वाणी द्वारा भी हँसी-मज़ाक या क्रिटिसिज़म के रूप में सामने आती है।

यदि आप अपनी वाणी से लोगों को दुःख नहीं पहुँचाना चाहते और मीठी वाणी रखना चाहते हैं तो लोगों में गुण देखना शुरू करें। इसके लिए आप एक कार्ययोजना भी बना सकते हैं, जैसे- आपके संघ में पाँच सदस्य हैं तो आप उनकी सकारात्मक बातें लिखकर, उनके गुणों की सूची बनाकर रखें। ऐसा करके आपको दो प्रकार के लाभ होंगे, पहला- आपके मन में सामनेवाले के प्रति नकारात्मक की बजाय सकारात्मक भाव आने शुरू हो जाएँगे और दूसरा आपकी वाणी से भी सामनेवाले की प्रशंसा होगी, जिससे उसमें भी उन गुणों की वृद्धि होगी।

३. **हेल्दी हास्य लाएँ :**

हँसना स्वास्थ्य के लिए अच्छा होता है लेकिन गलत तरीके से, गलत समय पर और गलत मात्रा में किया गया हास्य, मज़ाक उड़ाना कहलाता है, जो दूसरों का नुकसान करता है। जिस तरह खाने में नमक सही मात्रा में है तो वह भोजन खाने योग्य रहता है वरना खाने का मज़ा किरकिरा हो जाता है, हास्य के साथ भी ऐसा ही है।

इसलिए ग्रुप में हास्य ऐसा हो, जो सभी को खुशी दे। किसी का मज़ाक उड़ाकर हास्य निर्माण करने के बजाय नए तरीकों से हास्य निर्माण करें। जैसे चुटकुले सुनाकर, शब्दों का रचनात्मक इस्तेमाल करके या स्वयं का मज़ाक उड़ाकर। ऐसा हास्य संघ के माहौल को खिल-खिलाता रखेगा।

४. **सामनेवाले की भावना को महसूस करके देखें :**

यदि आप टीम में किसी की कमज़ोरियों का मज़ाक उड़ाते आए हैं या किसी की कमज़ोरियों पर हँसते आए हैं तो सबसे पहले सामनेवाले की भावना को समझने का प्रयास करें। जैसे- 'जिस सदस्य का मज़ाक उड़ाया जा रहा है, वह क्या महसूस करता होगा ? यदि मैं उसकी जगह पर होता तो कैसा महसूस करता ?' इत्यादि। इससे आप समझ पाएँगे कि किसी की कमज़ोरी का मज़ाक उड़ाकर, हम सामनेवाले को कितना दुःख दे रहे हैं।

उपरोक्त उपायों के साथ आप भी अपनी कमज़ोरियों पर मात करके, एक-दूसरे की ताकत बनें। स्वयं को और ग्रुप को लक्ष्य प्राप्ति की राह पर आगे लेकर जाएँ।

भाग - 15

वफादार और पारदर्शी बनें

टीम में कार्य करते हुए कुछ लोगों से यह गलती हो जाती है कि वे कभी-कभी अपनी ही टीम के सदस्यों के साथ कपट करने लगते हैं। कपट यानी जब कोई अपने स्वार्थ के लिए किसी से झूठ बोलता है या कोई बात छिपाकर, घटाकर, बढ़ा-चढ़ाकर या घुमा-फिराकर बताता है।

टीम में यदि कोई कपट करे तो उसका असर सभी पर होता है। केवल किसी एक के छोटे कपट की वजह से पूरे संघ की सफलता एवं विकास पर बुरा असर हो सकता है। यदि टीम में कपट का माहौल बन गया तो यह टीम के पतन का कारण बनता है। आइए, जानते हैं टीम में होनेवाले कपट और उसके परिणाम।

१. कई बार सुरक्षा हेतु कुछ बातों को लेकर टीम में गोपनीयता का नियम होता है। लेकिन कुछ मेंबर्स किसी लालच में फँसकर इस नियम को तोड़ते हैं और कपट करके गोपनीय जानकारी अपने प्रतिद्वंद्वी (राइवल) टीम को बता देते हैं। जैसे कोई खिलाड़ी,

सैनिक या बिजनेस ग्रुप का सदस्य अपने टीम के खेल की, युद्ध जीतने की या बिजनेस को बढ़ाने की योजना अपने स्पर्धक या दुश्मन को बताता है।

इससे उसका कोई छोटा फायदा होता है लेकिन टीम के लिए यह घातक साबित होता है। छोटे से लाभ के लिए वह अपनी पूरी टीम के साथ बेईमानी करके, अपने ही साथियों की सारी मेहनत को बेकार कर देता है।

२. टीम में कुछ लोग खुद को महान साबित करने के लिए किसी अन्य मेंबर के किए हुए कार्य का क्रेडिट खुद ले लेते हैं। जैसे टीम का एक मेंबर किसी दूसरे मेंबर द्वारा बनाया गया प्रेज़ेंटेशन या किसी की कोई नई आयडीया चुराकर उसे अपना बताता है।

इस तरह कुछ समय के लिए भले ही कोई बॉस या क्लाइंट के सामने महान साबित हो जाता है मगर यह कपट ज़्यादा समय तक नहीं रहता। भविष्य में उसका कपट टीम के सामने आने से वह उनकी नज़रों में हमेशा के लिए गिर जाता है। जिससे अच्छे, गुणवान सहयोगी सदस्यों का सपोर्ट छूट जाता है।

३. आध्यात्मिक या समाजिक ग्रुप में काम करते वक्त व्यक्तिगत महत्वाकांक्षा या स्वार्थ की खातिर कुछ लोग, कुछ कार्य अन्य सदस्यों से छिपाकर करते हैं। ग्रुप में जुड़ने का उनका हिडन अजेंडा (छिपा हुआ उद्देश्य) होता है।

जैसे कोई मल्टीलेवल मार्केटिंग या इंश्योरंस पॉलिसीज बेचने के उद्देश्य से बहुत सारे ग्राहक पाना चाहता है। उनकी रुचि ग्रुप के लक्ष्य से ज़्यादा स्वयं के आर्थिक विकास में होती है। यह भी एक तरह से कपट ही है। इस तरह वे ग्रुप के कार्य में उपस्थित तो होते हैं लेकिन अपनी तरफ से उसमें कोई योगदान नहीं देते। इससे ग्रुप को उनसे कोई लाभ नहीं होता और वे भी ग्रुप के असली लक्ष्य से मिलनेवाला लाभ नहीं ले पाते।

४. कुछ लोग समाज के अलग-अलग घटकों जैसे वृद्ध, अनाथ और दिव्यांग लोगों की मदद के लिए आश्रम शुरू करते हैं। ऐसे संघ में शुरुआत करनेवाले लोग दयाभावना से यह कार्य करते हैं। मगर धीरे-धीरे उनमें कुछ ऐसे लोग जुड़ जाते हैं, जो केवल संस्थाओं को मिलनेवाली मदद (दान) से अपना अर्थिक लाभ करने में रुचि रखते हैं। ऐसे उदाहरण समाज में कई जगह देखने को मिलते हैं।

इस तरह के कपट के कारण संस्थाओं की शुद्धता खत्म होने लगती है। जिसके परिणामस्वरूप वे संस्थाएँ अपना लक्ष्य हासिल नहीं कर पातीं।

कपटमुक्त होने के लिए कौन से कदम उठाएँ :

१. पारदर्शी बनें :

यदि आप कपटमुक्त जीवन की शुरुआत करना चाहते हैं तो अपने अंदर ट्रान्स्परन्सी लाएँ। ट्रान्स्परन्सी यानी जो अंदर है वही बाहर भी है... जो भाव और विचारों में है, वही वाणी और क्रिया में भी है। वरना कपट करनेवाले बोलते एक हैं तथा करते कुछ और ही हैं। उनके भाव, विचार, वाणी और क्रिया में हमेशा अंतर दिखाई देता है।

इसके विपरीत जो लोग संघ में कपटमुक्त होते हैं, वे जैसे बाहर से होते हैं वैसे ही अंदर से भी होते हैं। उनके भाव, विचार, वाणी और क्रिया एक होने से वे अखंड और संतुष्टिभरा जीवन जीते हैं। उनके अंदर साहस भी होता है। वे निडर होकर स्पष्ट बता पाते हैं कि 'मैं सच्चाई और नेक राह पर चलकर ही सफलता पाना चाहता हूँ इसलिए मैं कोई भी कार्य छिपाकर नहीं करता।' ऐसे लोग खुलकर सामने आते हैं और सभी द्वारा पसंद भी किए जाते हैं।

२. वफादार बनें :

किसी भी टीम में हर सदस्य एक ईंट की तरह होता है और वफादारी का गुण सभी ईंटों को एक मज़बूत दीवार बनाने का कार्य करता है।

कुछ ग्रुप्स (संघटन) देश के हित के लिए कार्य करते हैं। उनके पास ऐसे कई राज़ होते हैं, जो देश की सुरक्षा के लिए महत्वपूर्ण होते हैं। जिन्हें गलत हाथों में पड़ने से बचाना ही उनकी ज़िम्मेदारी होती है। ऐसी टीम को वफादार रहने की ट्रेनिंग दी जाती है।

हम भी इस बात का खयाल रखें कि अपनी टीम की गोपनीय बातें बाहर शेअर न करें। चाहे वह बोलने से हो, क्रिया से हो, कोई फाईल, प्रोजेक्ट या आयडीया शेअर करने से हो।

३. अनावश्यक कपट को कम करें :

जाने-अनजाने इंसान से कुछ न कुछ कपट होते रहता है, जिसकी कोई

आवश्यकता भी नहीं होती। पूर्णतः कपटमुक्त होने के लिए शुरुआत में ऐसे छोटे-छोटे अनावश्यक कपट बंद करें और अपनी सजगता बढ़ाएँ।

- जैसे कोई किसी से पाँच सौ रुपए के छुट्टे माँगे तो कुछ लोग तुरंत 'नहीं हैं' कह देते हैं। हालाँकि उनके पास छुट्टे होते हैं मगर थोड़ी सी असुविधा से बचने के लिए वे साफ मना कर देते हैं। ऐसी बातों के लिए सजग होकर, कहा जा सकता है कि 'छुट्टे हैं मगर मुझे लगनेवाले हैं।'
- कोई मित्र आपको घर पर आने के लिए कहता है तो आप उस वक्त उसे 'हाँ' बोल देते हैं। लेकिन वहाँ जाने का आपका कोई इरादा नहीं होता। यदि आपके पास उस वक्त समय नहीं है तो आप मित्र को अच्छे शब्दों में बता सकते हैं कि 'अभी मैं व्यस्त हूँ, फिर किसी दिन आऊँगा।'
- कोई सदस्य मीटिंग शुरू करने के लिए अन्य सदस्य को फोन करके पूछता है, 'आप कितने बजे तक ऑफिस पहुँच रहे हैं?' आदतन सामनेवाला कह देता है, 'बस पाँच मिनट में पहुँच रहा हूँ।' हालाँकि उसे मालूम है वह पाँच मिनट में नहीं पहुँच सकता, फिर भी कह देता है। तब थोड़ा सजग होकर सोच-समझकर निश्चित समय बताएँ।

यहाँ पर कुछ क्षण रुकें और अपने जीवन में अलग-अलग जगहों पर जाने-अनजाने में होनेवाले छोटे-छोटे कपट देख लें। फिर मनन द्वारा या लिखकर उन्हें सामने लाएँ। यह भी देखें कि जहाँ झूठ बोलने की आवश्यकता आन पड़ती है, जिससे किसी का कोई नुकसान नहीं होनेवाला है, वहाँ पर भी कैसे रचनात्मक तरीके से बोल सकते हैं।

इन कदमों को अपनाने से आपको कपटमुक्त होने का स्वाद आने लगेगा और आप हर जगह कपटमुक्त रहना चाहेंगे।

अपने फायदे के लिए किए जानेवाले कपट के लिए आप निर्णय ले सकते हैं कि उन्हें कब तक जारी रखना है और उसे करने से आज तक क्या-क्या लाभ मिले हैं। ये बातें प्रकाश में आने से आपको पता चलेगा कि इसके नुकसान ही ज़्यादा हुए हैं। इसलिए हमेशा सच का साथ दें। सच में ताकत होती है, सच से आपकी अंदरुनी शक्ति बढ़ती है और कपट धीरे-धीरे कम होने लगता है। यकीन माने, जब आप पूरी तरह कपटमुक्त हो जाएँगे तब अपने संघ के विकास के लिए भी सहयोग कर पाएँगे।

खण्ड ३
विकास के लिए मार्गदर्शन

संघ के महत्त्व को बताते हुए किसी शायर ने सच कहा है—

मैं अकेला ही चला था जानिब-ए-मंज़िल मगर

लोग मिलते गए, कारवाँ बनता गया...

लंबे सफर पर अकेले निकले हुए राहगीर को यदि सफर में कोई मिल जाए तो मंज़िल पर पहुँचना उसके लिए आसान हो जाता है। उसी तरह विकास करनेवाले को यदि वैसा संघ मिल जाए तो वह अपना लक्ष्य आसानी से प्राप्त कर लेता है।

बिल्ली से बचने के लिए एक चूहे ने उसके गले में घंटी बाँधने का असफल प्रयास किया। फिर कुछ चूहों ने मिलकर संघ बनाया। सही ढंग से विचार-मंथन कर, कार्ययोजना बनाई। जिसमें कुछ चूहों ने केमिस्ट की दुकान से नींद की दवाई उठा लाई। कुछ ने उसे बिल्ली के दूध में डाली। जब दूध पीकर बिल्ली बेहोश हो गई तब सभी ने मिलकर उसके गले में घंटी बाँध दी। इस तरह उनकी योजना सफल हुई।

कहानी का सारांश है कि संघ आपको न केवल विकास की ऊँचाइयों तक ले जा सकता है बल्कि जिंदगी के हर उतार-चढ़ाव में एक-दूसरे की सहायता करते हुए, समस्या से बाहर भी निकाल सकता है।

अब तक हमने टीम से संबंधित व्यवसायी और व्यक्तिगत तौर पर मार्गदर्शन प्राप्त किया। इस खण्ड में आत्मविकास के लिए बनाए गए ग्रुप्स के लिए मार्गदर्शन दिया गया है। जैसे ग्रुप कैसा हो, उससे लाभ कैसे उठाएँ और उसकी कार्यप्रणाली क्या हो... इत्यादि।

भाग - 16

जैसी संगत वैसी रंगत

संघ की शक्ति से इंसान जीवन के हर स्तर पर बड़ी सहजता से विकास कर पाता है। शारीरिक स्वास्थ्य या सामाजिक मेलजोल बढ़ाने, समाजसेवा करने या व्यवसायी मंच बनाने, आत्मविकास (सेल्फ डेवलपमेंट) या आत्मसाक्षात्कार (सेल्फ रियलायजेशन) प्राप्त करने तक हर लक्ष्य को ग्रुप के साथ मिलकर आसानी से प्राप्त किया जा सकता है।

जैसे फिटनेस, योगा ग्रुप या हास्य क्लब्स में जुड़कर लोग स्वस्थ होकर आरोग्य सुख प्राप्त करते हैं। आज के युग में सोशल मीडिया ग्रुप्स लोगों को समाज से जोड़े रखने और नए मित्र बनाने का ज़रिया बन रहे हैं। कुछ लोग अपने व्यवसाय को बढ़ाने के लिए ग्रुप्स् बनाकर कार्य करते हैं। उसी तरह अपने आध्यात्मिक विकास के लिए लोग सत्संग के साथ जुड़ते हैं।

इस तरह देखा जाए तो हर इंसान किसी न किसी ग्रुप से जुड़ा होता ही है। लेकिन वह अपने लिए ग्रुप का चुनाव किस आधार पर करता है, उसकी आवश्यकता

अनुसार या सुविधा अनुसार? यह सवाल हरेक को अपने आपसे पूछना चाहिए। क्योंकि ज़्यादातर लोग अपने जैसे ही लोगों के साथ रहना पसंद करते हैं। इंसान को जो संघ सुविधाजनक लगता है, वह वैसे ही लोगों के साथ रहना पसंद करता है। बुद्धिमान लोग हमेशा बुद्धिजीवियों के साथ तो सुस्त लोग, आलसी लोगों के साथ ही रहना पसंद करते हैं। वैसे ही सफल लोग, ऐसे ही लोगों के साथ रहना पसंद करते हैं, जो कामयाब हैं।

यह गलत नहीं है मगर वे लोग जो अपने जीवन में विकास की ऊँचाई प्राप्त करना चाहते हैं, जो संघ की शक्ति का पूर्ण लाभ उठाना चाहते हैं, उन्हें हमेशा अपने लक्ष्य की तरफ बढ़नेवाले, स्वयं से गुणों में आगे रहनेवाले से मित्रता करनी चाहिए। उनके साथ मिलकर अपने लक्ष्य प्राप्ति की कार्ययोजना बनानी चाहिए।

इंसान जिस ग्रुप में रहता है उसका प्रभाव, वह चाहे या न चाहे, उस पर धीरे-धीरे होता ही है। शुरुआत में भले ही उसे यह नज़र न आए लेकिन जीवन में कभी न कभी उसका असर दिखाई देता है। आखिर ऐसा क्यों होता है?

इंसान को संग का रंग लगने का एक कारण है, 'निरीक्षण (ऑब्जर्वेशन) की शक्ति'। इंसान होश में या बेहोशी में जिस चीज़ का निरीक्षण बार-बार करता है, वह उसके अंदर आने लगती है।

कई बार आपने महसूस किया होगा कि आपका मित्र कोई एक शब्द खास अंदाज में कहता है तो आप भी उसके साथ रहते-रहते वह शब्द उसी लहजे में कहने लगते हैं या आपके परिवार में किसी को बार-बार 'अरे' शब्द कहने की आदत है तो वह आदत आपमें भी आ जाती है... या आप भी वैसी ही चुटकी बजाने लगते हैं, जैसे आपका कोई रिश्तेदार बजाता है।

यह इंसान का स्वभाव ही है कि वह जिसके साथ रहता है, वैसा व्यवहार करने लगता है। इस नियम के अनुसार यदि कोई अपने अंदर अच्छे गुण लाना चाहे तो उसे हमेशा अच्छी संगत में रहना होगा ताकि वह अच्छाइयों से भर जाए। वरना गलत संगत का असर उस पर आज नहीं तो कल होगा ही।

एक सज्जन इंसान के चारों मित्रों को शराब पीने की आदत थी। वह हमेशा उनसे सुना करता था कि 'पीने के बाद लगता है जैसे हम स्वर्ग में हैं।' एक दिन उस सज्जन इंसान का अपनी पत्नी से जोरदार झगड़ा हुआ तब उसे पहला विचार

शराबखाने में जाने का ही आया। इसलिए अपनी पसंद-नापसंद पर न जाते हुए, अपने लक्ष्य की तरफ बढ़नेवाले लोगों की संगत में रहने का चुनाव करें।

हायड्रोजन को जब क्लोरिन के साथ मिलाया जाता है तब वह तेज़ाब बनकर हानिकारक हो जाता है। वहीं जब ऑक्सिजन के साथ मिल जाता है तो वह पानी बनकर जीवन देता है। भविष्य में आप क्या निर्माण करना चाहते हैं, उसके अनुसार वर्तमान में संघ का चुनाव करें।

जिनके शरीर का स्वभाव सुस्त (तमोगुणी) है और वे चुस्त रहकर कार्य करना चाहते हैं तो उन्हें चुस्त लोगों के संघ का चुनाव करना चाहिए ताकि चुस्त संगत की रंगत सुस्ती पर मात करे। जो पहाड़ चढ़ना चाहता है, उसे पहाड़ चढ़नेवाले किसी पर्वतारोही से मित्रता करनी चाहिए ताकि वह उसे अपनी ऊँचाई तक ऊपर खींच सके।

अपने से आगेवाले का हाथ थामने पर अकसर इंसान के साथ यह संभावना होती है कि उसे असुविधा महसूस हो और वह फिर से सुविधाजनक लगनेवाले ग्रुप में आ जाए। लेकिन कितनी भी असुविधा महसूस हो, यदि वह थोड़ा समय उस ग्रुप में रहे तो उसके आश्चर्यजनक परिणाम उसे दिखाई दे सकते हैं।

पढ़ाई में कमज़ोर विद्यार्थी, जब किसी होशियार विद्यार्थी के साथ बैठता है तब उसकी लिखावट, उसका सलीका देखकर कमज़ोर विद्यार्थी को स्वयं के प्रति शर्म महसूस होती है। तब वह तुरंत अपनी बैंच बदलकर ऐसे विद्यार्थी के साथ जाकर बैठता है, जो उसकी तरह ही पढ़ाई में कमज़ोर है। क्योंकि वह उसके साथ सुविधाजनक महसूस करता है। हालाँकि उसे पता नहीं, यदि उसने थोड़ा धीरज रखा होता, थोड़ा समय होशियार विद्यार्थी के साथ गुजारा होता तो उसकी आगे बढ़ने की संभावना बढ़ जाती। होशियार विद्यार्थी को देख-देखकर बड़ी जल्दी उसकी लिखावट अच्छी हो सकती थी, उसके भीतर भी सलीका आ सकता था और उसके विचार करने का ढंग भी बदल जाता।

इसलिए हमेशा ऐसी संगत में रहें, जो आपकी प्रगति और लक्ष्य प्राप्ति के लिए आपको उचित वातावरण और मार्गदर्शन दे। कभी भी ऐसे ग्रुप का हिस्सा न बनें, जो आपको आपके लक्ष्य से दूर ले जाए। यदि आप सुस्ती से मुक्ति चाहते हैं तो ऐसे लोगों की संगत कतई न करें, जो स्वभावतः सुस्त हैं। वरना उनका तमोगुण आपको भी अपने रंग में रंगकर एक निष्क्रिय इंसान बना देगा।

अच्छी पुस्तकें, अच्छी बातें और अच्छे लोगों का संग बहते जल की तरह स्वच्छ, स्वस्थ, निर्मल, उपयोगी और गतिशील होता है। ठहरा हुआ पानी अशुद्ध हो जाता है, उसमें कई प्रकार के विषाणु घर कर जाते हैं।

हमें भी बहते जल की तरह स्वयं को गतिशील बनाने का प्रयास करना चाहिए। जो भी आपसे गुणों में उच्च हैं, आपके लक्ष्य के प्रति अधिक अनुभव रखते हैं, उनके संघ में रहना आपको प्रगतिशील होने तथा खुशहालीभरा जीवन जीने में सहायक सिद्ध होगा।

यदि आप किसी ग्रुप से जुड़े नहीं हैं तो आप अपने मित्र या परिवार के साथ मिलकर ग्रुप बना सकते हैं। उसमें सभी के साथ बातचीत करके आत्मविकास का या सभी की आवश्यकतानुसार लक्ष्य बनाएँ। इस पर आगे के अध्यायों में मार्गदर्शन दिया गया है, उस अनुसार कार्य शुरू करें।

इससे बहुत जल्द आप देखेंगे कि संघ की शक्ति से आप अपने अंदर वे गुण बड़ी सहजता से ला पाएँगे, जिन्हें आत्मसात करने की आप कई दिनों से सोच रहे थे।

भाग - 17

संघ के लाभ

समुद्री दुनिया पर एक फिल्म बनाई जा रही थी। रोज सुबह उसमें काम करनेवाले लोग समुंदर में जाते थे और शाम को लौट आते थे। यह शूटिंग करीबन छह महीनों तक चली। जब उनसे पूछा गया कि 'आपका समुद्री दुनिया में काम करने का अनुभव कैसा रहा?' तब उन्होंने बताया कि 'दिन के बारह घंटे पानी रहकर इतनी बुरी हालत होती थी कि रोज रात को तय करते थे, कल सुबह बिलकुल नहीं जाएँगे। क्योंकि पानी में हमें ऑक्सिजन मास्क, कैमेरा आदि लेकर जाना होता था। उसमें भी कभी पानी ज़्यादा ठंडा होता था। इसके बावजूद हमने कार्य पूरा किया, जिसका एकमेव कारण था 'हमारा ग्रुप।' केवल ग्रुप के फोर्स से हम इतना कठिन कार्य कर गुजरे।

कई बार हम बीमार पड़ जाते थे या थकावट ज़्यादा होती थी। मगर जब कोई सुबह आकर दरवाजा खटखटाता तो हम उसे मना नहीं कर पाते थे और कुछ कहे बिना ही उसके साथ चल देते थे। जब शूटिंग में जुड़ जाते तो यह भूल ही जाते थे कि हम बीमार हैं या शरीर थका हुआ है। इस तरह हमने यह प्रोजेक्ट पूर्ण किया।' देखा आपने कैसे

इंसान टीम के फोर्स से कार्य कर लेता है, जो अकेले करना वह टाल सकता था।

पढ़ाई के दौरान बच्चे अगर ग्रुप में पढ़ें तो उसका अद्भुत परिणाम दिखाई देता है। क्योंकि कुछ बच्चों की पढ़ाई में लगन देखकर दूसरे बच्चों में भी पढ़ने की प्रेरणा जगती है।

यही बात कठिन कार्य के साथ भी लागू होती है। इसीलिए संघ की शक्ति को, 'विकास और लक्ष्य पाने का आसान उपाय' कहा गया है।

इंसानी जीवन के मुख्य पाँच भाग हैं- १) शारीरिक २) मानसिक ३) सामाजिक ४) आर्थिक और ५) आध्यात्मिक। जीवन के इन पाँचों भागों पर संघ की शक्ति से पूर्णता हासिल की जा सकती है, बशर्ते संघ का हर सदस्य एकात्मता के भाव से जुड़े।

१. शारीरिक स्वास्थ्य की कुँजी :

कई लोग नए साल की शुरुआत में डॉक्टर की सलाह पर या औरों को देखकर जोश में व्यायाम या डायटिंग शुरू करते हैं। मगर कुछ ही दिनों में वे लिया हुआ संकल्प छोड़ देते हैं। किंतु यही जब वे संघ में मिलकर करते हैं तो संभावना है कि वे ज़्यादा समय तक व्यायाम और डायटिंग कर पाएँगे। क्योंकि संघ के सदस्य एक-दूसरे में जोश और उत्साह बढ़ाकर, उसे बरकरार रखने में सहयोग करते हैं।

यदि आपको अकेले मॉर्निंग वॉक के लिए जाना है तो हो सकता है आप एक या दो दिन तक ही यह कर पाएँ। मगर आप ग्रुप में मॉर्निंग वॉक के लिए जाने का निर्णय लेते हैं तो इसमें निरंतरता बनी रह सकती है। ग्रुप के बहाने आप सुबह जल्दी उठने में सुस्ती नहीं कर पाएँगे। जब ग्रुप का कोई सदस्य सुबह-सुबह आपके घर का दरवाजा खटखटाए तो आप उठने में आना-कानी नहीं कर पाएँगे, आपको जाना ही पड़ेगा।

इसके अलावा अगर आपके ग्रुप में कोई डॉक्टर है तो आपको स्वास्थ्य की नियमित जानकारी भी मिल सकती है, जिससे सभी स्वास्थ्य पर कार्य कर पाएँगे।

२. मानसिक और बौद्धिक विकास की सीढ़ी :

कई बार लंबे समय तक एक ही विषय पर काम करने से इंसान का मस्तिष्क थक जाता है, जिस वजह से उसकी सोच रुक जाती है। वह अकेला अलग-अलग आयामों पर सोच नहीं पाता, जिससे उसके बौद्धिक विकास में बाधा आ जाती है।

जैसे कोई विद्यार्थी कहे, 'मैं केवल गणित का ही अभ्यास करूँगा' तो उससे कहा जाएगा, 'सारे विषयों का अभ्यास करना ज़रूरी है।' क्योंकि गणित के साथ-साथ सभी विषय महत्वपूर्ण हैं। हर विषय के साथ विद्यार्थी के मस्तिष्क के अलग-अलग सेल्स को व्यायाम मिलता है, जिससे उसका मानसिक और बौद्धिक दोनों तरह का विकास होता है। अगर कोई एक ही विषय पढ़ता रहा तो उसके मस्तिष्क का पूर्ण विकास नहीं होगा।

ठीक उसी तरह एक अकेला इंसान अपना उतना विकास नहीं कर पाता, जितनी उसकी संभावना होती है। संघ में जब आपस में विचारों का आदान-प्रदान होता है तब सभी को सोच के अलग-अलग आयाम समझ में आते हैं। फिर वे भी अपनी सोच में विस्तार ला पाते हैं, जिससे उनका मानसिक और बौद्धिक विकास होता है।

दूसरी बात, जब इंसान संघ में रहता है तब वह बाकी सदस्यों से कुछ न कुछ सीखता रहता है। उसके अंदर सीखने का गुण भी आने लगता है। निरंतर सीखते रहने की आदत से हरेक ग्रुप की शक्ति का लाभ उठा पाता है। इंसान को कभी भी सीखना बंद नहीं करना चाहिए वरना वह मानसिक रुप से बूढ़ा हो जाता है।

३. **आर्थिक लाभ :**

संघ में आर्थिक फायदा बिलकुल वैसा है, जैसे कोई दुकान में टूथपेस्ट लेने जाए और उसे मुफ्त में साबुन मिल जाए। इसे संघ में कार्य करने का बोनस कहा जा सकता है। संघ में अलग-अलग क्षेत्रों में काम करनेवाले लोग होते हैं, जिनसे बहुत सारी जानकारी मिलती है, जिसका लाभ हरेक अपने कार्यक्षेत्र में ले सकता है।

संघ के सदस्य एकमत होकर किसी विशेषज्ञ से सलाह लेकर आर्थिक कार्यों में मार्गदर्शन प्राप्त कर सकते हैं। वे आपस में विचार-विमर्श करके, पैसों का सही निवेश कर सकते हैं, जिससे नफा प्राप्त करके वे आर्थिक विकास कर सकते हैं।

४. **सामाजिक विकास और लोकव्यवहार में संघ का योगदान :**

संघ में कार्य करते हुए सभी सदस्यों को एक-दूसरे के संपर्क में आना पड़ता है और कार्य पूरा करने के लिए आपस में व्यवहार करना पड़ता है। जिस वजह से हर सदस्य लोकव्यवहार की कला सीखता है।

इससे घर, परिवार, ऑफिस, मित्रों, रिश्तेदारों और समाज में सभी के साथ उनके संबंध अच्छे होने लगते हैं इसलिए लोग भी उन्हें पसंद करने लगते हैं। इस तरह उनके अच्छे व्यवहार से उन्हें खुद ब खुद सभी से प्रेम, सहयोग, अपनापन और मित्रता मिलने लगती है, जिसका लाभ उन्हें जीवनभर मिलता है।

फीडबैक लेना और देना :

संघ का महत्वपूर्ण फायदा यह भी है कि हम संघ में किसी सदस्य को आसानी से फीडबैक दे और ले सकते हैं। कई बार ऐसा होता है कि बाहर के लोग अगर हमारे बारे में कुछ कहें तो हमें बुरा लगता है या कोई हमारा मज़ाक उड़ाए, नकारात्मक संवाद करे तो हम नाराज़ हो जाते हैं। मगर संघ का ही मेंबर अगर हमें सही समय पर उचित शब्दों में फीडबैक दे तो हम खुद में सुधार करते हैं।

मानो, अगर आपमें चीज़ों को सँभालने का सलीका नहीं है, आपके हाथ से अनजाने में वस्तुओं की तोड़-फोड़ होती रहती है। इस पर संघ का मेंबर आपको फीडबैक दे तो संभावना है कि आप उस पर काम करें। मगर यही बात अगर आपका पड़ोसी या कोई रिश्तेदार बताए तो संभवतः आपको बुरा लग सकता है। इसलिए संघ में फीडबैक लेने और देने का सिस्टम हो। योग्य फीडबैक मिलने से इंसान का सामाजिक स्तर पर विकास ही होता है।

५. आध्यात्मिक उन्नति :

अगर आप किसी आध्यात्मिक संघ में जुड़े हैं तो आपका सबसे मुख्य और अमूल्य फायदा है- आपकी आध्यात्मिक उन्नति होना। हफ्ते में एक दिन निर्धारित करके किसी सुबह या शाम संघ के सदस्य सत्य श्रवण, सत्य साहित्य का पठन और आध्यात्मिकता पर विचारों का आदान-प्रदान कर सकते हैं। इस तरह संघ में आध्यात्मिक गतिविधियाँ जोड़कर सदस्य अपने जीवन को आनंदमय बना सकता है।

ग्रुप में प्रार्थना और ध्यान :

संघ में प्रार्थना और ध्यान करने से सभी की चेतना बढ़ती है। इससे न सिर्फ संघ के लोगों के जीवन में शांति आती है बल्कि पूरे विश्व में शांति फैलती है। संघ में अपने और विश्व के लिए की गई दो मिनट की प्रार्थना बहुत चमत्कारिक ढंग से काम करती है। सभी के एकत्रित मंगलमयी विचारों की तरंग दुनिया से हिंसा, गरीबी, अकाल तथा हर तरह की समस्या मिटा सकती है।

यदि विश्व के सभी लोग मिलकर एक ही स्थान पर, एक ही समय पर, एक साथ दो मिनट प्रार्थना करें तो विश्व युद्ध को रोककर, विश्व शांति लाई जा सकती है।

साथ ही ग्रुप में लोग ज़्यादा देर तक प्रार्थना के भाव में बैठ सकते हैं, जिससे सभी को उसके उच्चतम परिणाम सहजता से प्राप्त होते हैं।

ध्यान एक ऐसी आदत है, जो हर इंसान को अपने अंदर डालनी चाहिए। इसके लिए संघ से हमें बड़ी मदद मिलती है। संघ में ध्यान करते वक्त हमें पता होता है कि हमारे साथ बहुत सारे लोग आँखें बंद करके बैठे हैं, जिससे हमें ध्यान में बैठने की प्रेरणा मिलती है।

भाग - 18

संघ में कार्यसूची, नियम और वचन

बिना योजना और दिशा का संघ, बिना लगाम के घोड़े की तरह होता है, जो दौड़ता बहुत तेज है मगर उसे मंज़िल पता नहीं होती।

किसी भी ग्रुप का लक्ष्य हासिल करने और अपनी उच्चतम संभावना खोलने के लिए टीम में 'मीटिंग ट्रेनिंग कल्चर' होना ज़रूरी है। जिसके कुछ नियम, वचन और कार्यप्रणाली मिटींग की शुरुआत करने से पहले ही तय हों।

मिटींग की अवधि ग्रुप की जरूरत अनुसार सभी के लिए अलग-अलग हो सकती है। वरना ग्रुप कम से कम हफ्ते में एक बार दो घंटों के लिए मीटिंग करें। यदि आप पहले से ही किसी संघ में काम कर रहे हैं तो उसे नई दिशा देने के दृष्टिकोण से नीचे दी गई ग्रुप की समय सारणी का लाभ ले सकते हैं। नए ग्रुप बनाने के इच्छुक सदस्यों को भी यह सारणी मददगार साबित होगी।

यह सारणी केवल मार्गदर्शन के तौर पर दी गई है। आप अपने लक्ष्य अनुसार नई सारणी भी बना सकते हैं।

यदि आप सुबह या शाम को दो घंटे के लिए

निर्धारित समय और स्थान पर एकत्रित होते हैं तो आप अपना समय इस तरह विभाजित कर सकते हैं।

१५ मिनट	संघ में ध्यान का अभ्यास करना
४५ मिनट	प्रेरणादायक संदेश सुनना या पुस्तक पढ़ना
३० मिनट	अपनी समझ और विचारों का आदान-प्रदान करना
१५ मिनट	पिछले हफ्ते के संकल्प पर शेअरिंग करना
१५ मिनट	पूरा हफ्ता काम करने के लिए नए संकल्प की सूचना और अंत में सभी के लिए प्रार्थना करना

ग्रुप लीडर हर मीटिंग में सभी के साथ मिलकर आगे आनेवाले सप्ताह के लिए एक संकल्प निश्चित कर लें। अगले अध्याय में उदाहरण के लिए संकल्प दिए गए हैं, जिन पर कार्य कर आप अपने अंदर गुणों का विकास कर सकते हैं तथा अवगुणों को मिटा सकते हैं। छह महीनों में इन संकल्पों पर कार्य करने के बाद आगे के छह महीनों के लिए आप फिर से ये संकल्प दोहरा सकते हैं या अपनी आवश्यकता अनुसार नए संकल्प भी बना सकते हैं।

ग्रुप में योजना बनाकर कार्य करने का यह एक उदाहरण था। ग्रुप की यह सबसे मुख्य ज़रूरत है कि कम से कम हफ्ते में एक बार सभी सदस्य एकत्रित हों। मगर ध्यान रहे, मीटिंग का समय उतना ही हो, जितना ज़रूरी हो और लोग खुशी से समय दे पाएँ।

ग्रुप में हर महीने एक सदस्य ग्रुप का लीडर बने। उस महीने में वह किस उद्देश्य के साथ सभी से कार्य करवानेवाला है, यह ग्रुप को बताए। इससे ग्रुप के सदस्य मानसिक रूप से कार्य करने तथा डिस्कशन में भाग लेने के लिए तैयार रहते हैं।

साथ ही ग्रुप के नियम और वचन सबके पास हों ताकि सभी उसका पालन कर पाएँ। आगे ग्रुप के लिए कुछ नियम उदाहरण के तौर पर दिए गए हैं। अपने ग्रुप के अनुसार आप इसमें बदलाव कर सकते हैं या मेंबर्स से विचार-विमर्श करके, नए नियम भी बना सकते हैं।

पहला नियम- संघ का लीडर बनने का मौका हरेक को मिले

संघ का प्रमुख हमेशा एक ही सदस्य न रहे। सभी को बारी-बारी लीडर बनने का मौका मिले। इससे खुद की और ग्रुप की नई संभावनाएँ खुल सकती हैं। चाहे तो नया संचालक पुराने संचालक से मार्गदर्शन ले सकता है।

अगर ग्रुप में दस से अधिक लोग हैं तो ग्रुप 'संचालक त्रिकोण' का तरीका भी अपना सकता है। संचालक त्रिकोण यानी तीन लोग मिलकर पूरे ग्रुप को तीन महीनों के लिए मार्गदर्शन दे सकते हैं। जिसमें पहला- मेन इनचार्ज (संचालक), दूसरा- ऑर्गनाइजर (प्रबंधक) और तीसरा- कम्युनिकेटर (संचारक) की ज़िम्मेदारी निभाता है। हर महीने तीनों का रोल बदलता रहता है।

संचालक पूरे महीने की कार्य सूची बनाता है। जैसे कौन से पुस्तक का पठन करना है, कौन से संदेश सुनने हैं, किसी कार्य के लिए कहाँ जाना है, किससे मिलना है और कौन जाएगा इत्यादि। प्रबंधक का रोल है मीटिंग की जगह तय करना, आवश्यक व्यवस्थाएँ करना, सभी की हाजिरी लेना।

संचारक, ग्रुप में संचारण (कम्युनिकेशन) की ज़िम्मेदारी लेता है। वह ग्रुप में हुए कार्य को लिखित रूप में लाता है। पिछली और अगली मीटिंग की जानकारी, दर्ज करता है। इस तरह तीनों मिलकर तीन महीनों के लिए ग्रुप का कार्य संभालते हैं।

दूसरा नियम- आशावादी नज़रिया रखें

ग्रुप में लोग नकारात्मक दृष्टिकोण के साथ न आएँ। किसी का भी नकारात्मक पहलू पूरे ग्रुप का उत्साह छीन सकता है और आशावादी नज़रिया सबमें स्फूर्ति (उमंग) भर सकता है। मीटिंग में उत्साहित वातावरण बना रहता है और सभी को प्रेरणा मिलती है।

तीसरा नियम- सभी के विकास पर ध्यान दें

ग्रुप के सभी सदस्य इस बात पर सहमत हों कि ग्रुप के किसी एक की असफलता पूरे ग्रुप की असफलता है। संघ में हर सदस्य का विकास हो, यह ज़िम्मेदारी सभी की है। सभी के विकास के लिए काम करते हुए ग्रुप अपने आपमें परिपूर्ण बनता है। ऐसे परिपूर्ण ग्रुप से ही जीवन सहज और समृद्ध बनता है। ऐसे ग्रुप से जुड़ा इंसान कभी अकेले नहीं होता बल्कि पूरे ग्रुप की शक्ति उसके साथ होती है।

पाँचवाँ नियम– मीटिंग में सभी की उपस्थिति अनिवार्य हो

हर मीटिंग में आपकी उपस्थिति रहे। यदि किसी कारणवश आप नहीं आ पा रहे हैं तो फोन या इंटरनेट द्वारा मीटिंग में जुड़ने का प्रयास करें। यदि यह भी मुमकिन नहीं है तो ग्रुप लीडर को अवश्य बताएँ। साथ ही यह ज़िम्मेदारी लें कि बाद में योग्य सदस्य से मीटिंग की जानकारी प्राप्त कर लेंगे। या ग्रुप लीडर से कहकर मीटिंग की आवश्यक बातें रेकॉर्ड करवा लें, जिससे आप वह जानकारी प्राप्त कर पाएँ।

छठवाँ नियम– कलमबद्धता हो

ग्रुप की हर एक बात कलमबद्ध हो यानी हर कार्ययोजना लिखित रूप में लाई जाए। हर हफ्ते और हर महीने की कार्यसूची पहले से ही तैयार हो। ग्रुप में लिए जानेवाले विषयों पर लीडर द्वारा पहले से ही लिखित रूप में मनन हो।

यह लेखन कार्ययोजना को पूरा करने में मददगार साबित होगा। आजकल मोबाइल में कई एप्लिकेशन होते हैं, जिनका कलमबद्धता के लिए उपयोग किया जा सकता है।

सातवाँ नियम– संघ में नए सदस्य के प्रवेश संबंधित सजगता

संघ में जुड़नेवाले नए सदस्य के लिए अलग नियम बनाए जा सकते हैं, जिनका पालन होश में किया जाए।

१. नया सदस्य ग्रुप का शुभचिंतक हो। वह संघ में खुलकर कार्य करने के लिए तैयार हो। संघ से जुड़ने का उसका इरादा और लक्ष्य स्पष्ट हो।

२. ग्रुप नया हो तो सदस्य को तत्काल प्रवेश दिया जा सकता है। लेकिन अगर ग्रुप बहुत सालों से किसी लक्ष्य पर कार्य कर रहा है तो नए सदस्य से पहले कुछ तैयारी करवाकर, प्रशिक्षण देकर संघ में शामिल किया जाए।

३. संघ में आने से पहले सदस्य को सारे नियम बताए जाएँ और यह सुनिश्चित किया जाए कि वह संघ के सभी नियमों का पालन करने के लिए तैयार है। उसके बाद ही सदस्य को संघ में प्रवेश दिया जाए।

४. नए सदस्य को संघ में होनेवाले हरेक कार्य की जानकारी दें और कार्ययोजना में सहभागी होने का मौका दें।

याद रहे, संघ में आए हुए नए सदस्य के स्वभाव को ध्यान में रखते हुए उससे बातचीत करें। साथ ही वह जिस उद्देश्य से संघ से जुड़ा है, वह पूर्ण हो इस बात का खयाल रखें।

वचन- ग्रुप की बातें बाहर न बताएँ

ग्रुप के बाहर के लोगों को ग्रुप की निजी या व्यक्तिगत बातें न बताने का वचन लिया जा सकता है। इससे सभी सदस्यों का एक-दूसरे के प्रति विश्वास तैयार होने में मदद मिलेगी। संचालक द्वारा बताए जाने पर, योग्य और महत्वपूर्ण जानकारी लोगों को ज़रूर बताएँ। ध्यान रखे, कौन सी बात बतानी है, कौन सी नहीं, इसका कॉमनसेन्स हरेक के पास ज़रूर होना चाहिए। अन्यथा इंसान कपटमुक्त रहने का भी गलत अर्थ निकालकर अपना वचन तोड़ सकता है।

इसके अलावा ग्रुप में किसी भी सदस्य के बारे में कोई भी बात उसकी अनुमति के बिना बाहर न बताएँ। यह एक अच्छे ग्रुप की पहचान है वरना बाहर का सुननेवाला उन बातों का गलत अनुमान लगा सकता है। इस तरह की बातें अगर ग्रुप में होने लगें तो ग्रुप किसी भी समय टूट सकता है।

इस तरह ग्रुप में नियम और वचन पहले ही बना लेने से सभी सदस्य विश्वास के साथ तथा कपटमुक्त होकर अपना बेहतरीन योगदान दे पाते हैं। ग्रुप में निरंतरता से मिलकर मीटिंग का कल्चर लाने से ग्रुप योजनाबद्ध तरीके से विकास की ओर अग्रसर हो सकता है।

भाग - 19

ग्रुप के 26 संकल्प

संघ में कार्य करने का मौका मिलना बहुत बड़ा वरदान साबित हो सकता है, अगर उसका सही तरीके से लाभ लिया जाए। संकल्प लेना यानी कुछ बातों को ठानकर उन पर अमल करना। ग्रुप में ऐसे इन्टेन्शनस लिए जा सकते हैं, जो हरेक की ज़रूरत को पूरा कर पाएँ।

जैसे संघ में यदि किसी को लोगों से बातचीत करने में हिचकिचाहट होती है तो एक सप्ताह सही कम्युनिकेशन का इन्टेन्शन रखें। किसी के अंदर आलस है तो एक सप्ताह उस पर कार्य करने का इन्टेन्शन लें। नकारात्मक सोच रखनेवालों के लिए सकारात्मक सोच का संकल्प लेकर काम किया जा सकता है। जब आप ग्रुप में ऐसे इन्टेन्शन्स रखते हुए कार्य करेंगे तो सबकी वृत्तियाँ टूटेंगी और गुण बढ़ेंगे।

अगले हफ्ते कौन सा संकल्प लेना है, यह ग्रुप की साप्ताहिक मीटिंग में सोचा जा सकता है। साथ ही पिछले हफ्ते में लिए गए संकल्प पर किस तरह कार्य हुआ, यह शेअरिंग भी मीटिंग में की जा सकती है। इस तरह किए

गए विचारों के आदान-प्रदान से संघ के बाकी सदस्यों को भी प्रेरणा मिलती है। वे लिए गए सभी संकल्पों को पूरा करने के लिए डटकर काम करते हैं।

यदि ग्रुप सालभर हर हफ्ते में एक-एक संकल्प पर ज़ोरदार काम करे तो साल के अंत तक ग्रुप के हर सदस्य का आत्मविश्वास उम्मीद से कई ज़्यादा बढ़ चुका होगा।

आगे छह महीनों के लिए २६ संकल्प दिए गए हैं, जिन पर अमल कर आप बाकी छह महीनों के लिए अपने ग्रुप की ज़रूरत अनुसार नए संकल्प भी बना सकते हैं। यदि कोई सदस्य चाहे तो हर दिन अलग-अलग संकल्प भी ले सकता है। आइए, अब संकल्पों को एक-एक कर, समझते हैं।

१. धन्यवाद देने का संकल्प : पूरे सप्ताह ईश्वर द्वारा मिली सभी बातों के लिए जैसे वस्तुएँ, गुण, वरदान, रिश्तेदार आदि को याद करके धन्यवाद दें। 'हे ईश्वर, तुम्हारा धन्यवाद', यह सबसे छोटी मगर असरदार प्रार्थना है। आपके लिए कोई छोटा कार्य भी करे तो उसे धन्यवाद दें।

२. नकारात्मक विचार न करने का संकल्प : नकारात्मक विचार नकारात्मक चीज़ों को ही आकर्षित करते हैं। इसलिए जब भी नकारात्मक विचार आएँ तो उसके बदले तुरंत पाँच सकारात्मक विचार अंदर दोहराएँ। एक सप्ताह इस पर कार्य करके यह आदत अपने अंदर विकसित करें।

३. प्रार्थना करने का संकल्प: ग्रुप में प्रार्थना करके ही कोई कार्य या मीटिंग की शुरूआत करें। यह संकल्प आप अपने लिए भी ले सकते हैं- हर क्रिया शुरू करने से पहले डर, भय, चिंता, दुःख आने के बाद, सफलता प्राप्ति के लिए, अपने हर रिश्तेदार के लिए, किसी बीमार के लिए, अंततः संपूर्ण विश्व की शांति* के लिए प्रार्थना करें। यह संकल्प आप जीवनभर भी रख सकते हैं।

४. क्षमा-प्रार्थना करने का संकल्पः इस सप्ताह में हर रात सोने से पहले देख लें कि दिनभर में आपने किन-किन लोगों को अपने भाव, विचार, वाणी या क्रिया से दुःख पहुँचाया है। यदि संभव हो तो उस इंसान से प्रत्यक्ष रूप में क्षमा माँगें या आँखें बंद करके उसे अपनी आँखों के सामने लाएँ। फिर पूरी घटना बताते हुए दिल

---

* *विश्व शांति प्रार्थना पृष्ठ क्र. 127 पर पढ़ें।*

से क्षमा माँगें। इसी तरह यदि आपको किसी ने दुःख पहुँचाया हो तो उसे भी दिल से क्षमा करें।

५. लचीला (फ्लेग्ज़िबल) रहने का संकल्प : बुद्धि लचीली हो तो इंसान टीम में या जीवन में हो रहे हर बदलाव को आसानी से स्वीकार कर पाता है। जैसे सभी के हित को ध्यान में रखकर यदि कोई नियम या मीटिंग का समय या स्थान बदलना पड़े तो उसे सहजता से स्वीकार करें। घटनाओं को लचीली बुद्धि से देखने से समस्याएँ सरलता से सुलझती हैं।

६. क्रोध न करने का संकल्प : इस संकल्प में चाहे कुछ भी हो जाए क्रोध न करने का संकल्प लें। क्रोध यानी दूसरों की गलती की सजा खुद को देना। अतः जब भी क्रोध आए तो उसकी शक्ति को सृजनात्मक कार्य में लगाएँ। स्वयं के लिए यह तय कर लें कि होश में रहकर क्रोध करेंगे। जैसे 'मैं क्रोध करने जा रहा हूँ', यह बोलकर क्रोध करें, जिससे आप अति क्रोध की ज्वाला से बच जाएँगे।

७. स्वीकार भाव का संकल्प : दिनभर में हुई घटनाओं, समस्याओं और असुविधाओं को स्वीकार करने का इरादा रखें। उस सप्ताह होनेवाली हर नकारात्मक घटना को भी स्वीकार करें। अस्वीकार को भी स्वीकार करें और यह समझ रखें कि 'स्वीकार है सुख और अस्वीकार है दुःख।'

८. आत्मविश्वास बढ़ाने का संकल्प : आत्मविश्वासी लोग जल्दी विकास करते हैं। अतः दिनभर के छोटे-छोटे कार्य पूर्ण करके आत्मविश्वास बढ़ाने का इन्टेन्शन रखें। यह विश्वास रखें कि हम विश्व के असाधारण कार्य पूर्ण करने के लिए पैदा हुए हैं। यह भाव आपके अंदर आत्मविश्वास जागृत करेगा।

९. समय व्यवस्थापन का संकल्प : समय व्यवस्थापन यानी सही समय पर निर्धारित काम पूरा करना और खाली समय का सदुपयोग करना। जो लोग आज का काम कल पर और कल का काम परसों पर छोड़ देते हैं, वे अपने लिए समस्याएँ ही खड़ी करते हैं। इस सप्ताह हर दिन हर कार्य समय पर करें। समय नहीं है का बहाना कभी न दें क्योंकि आपके पास भी रोज उतना ही समय होता है, जितना बिजली के आविष्कारक एडिसन के पास था।

१०. लोगों के सामने बोलने के डर से मुक्त होने का संकल्प : कुछ लोगों को दूसरों के सामने बात करने का डर लगता है। इस डर को दूर करने के लिए ग्रुप में उस दिन

ऐसे लोगों को सबसे पहले बोलने का मौका दिया जाए। इस संकल्प में उन्हें केवल संघ में ही नहीं बल्कि बाहर जब भी मौका मिले, लोगों से बातचीत करनी चाहिए।

११. अव्यक्तिगत सेवा करने का संकल्प : इस हफ्ते अपने आस-पास के लोगों की निःस्वार्थ भाव से सेवा करें। ज़्यादा से ज़्यादा अव्यक्तिगत सेवा का कार्य करें। जिसमें दान का भी संकल्प लें। श्रमदान, धनदान, रक्तदान या किसी कार्य में योगदान दें। समय का भी दान किया जा सकता है। ईश्वर ने हमें भरपूर दिया है इसलिए हम दे रहे हैं, इस भाव से दान करें। दान देकर यदि आपको अच्छा लगे तब समझें आपने सही भावना से दान किया।

१२. सभी का आदर करने का संकल्प : इस सप्ताह सभी प्राणी, वस्तुएँ और इंसानों को आदर दें। उदा. दरवाजा पटकने की बजाय उसे धीरे से बंद करें। शुरू में आपको बेजान चीज़ों और प्राणियों के प्रति कोई आदर महसूस नहीं होगा। फिर भी इन्टेन्शन लिया है इसलिए आप यह करें। इस प्रयोग से आपमें सभी के प्रति संवेदनशीलता बढ़ेगी।

१३. निर्णय लेने का संकल्प : इस सप्ताह निर्णय लेने का निर्णय लें। कुछ लोगों को निर्णय लेने से डर लगता है लेकिन छोटे-छोटे निर्णय लेने से शुरुआत करें। उदा. अपने लिए कोई चीज़ बिना किसी की राय लिए खरीदें। गलत निर्णय लेने के डर से निर्णय लेना बंद न करें। निर्णय लेते वक्त दिल और दिमाग दोनों का इस्तेमाल करें।

१४. मनन करने का संकल्प : मनन की आदत सदा आनंद में रहने की चाभी है। यह इन्टेन्शन लेकर मनन करें कि 'मैंने जीवन में क्या खोया, क्या पाया?' गुरु अथवा किसी धार्मिक पुस्तक में बताई हुई कोई एक पंक्ति पर मनन करें। अपनी उच्च संभावनाओं को मनन की शक्ति द्वारा पहले से ही देख पाना सफलता और आत्मविकास का रहस्य है।

१५. धीरज रखने का संकल्प : धीरज का धन कमाएँ और उसका इस्तेमाल करें। जैसे मोबाइल की एक रिंग बजते ही न उठाएँ, दो-तीन रिंग होने के बाद उठाएँ। यह संकल्प आपको धीरजवान बनाएगा। संघ में समस्याओं को धीरज रखकर सुलझाने से वे आसानी से सुलझती हैं वरना और जटिल होती जाती हैं।

१६. अनचाहे बोल न बोलने का संकल्प : शब्दों में शक्ति है लेकिन जब आप शब्दों का इस्तेमाल गाली, चुगली, निंदा और कपट के लिए करते हैं तब उनमें से

शक्ति खत्म हो जाती है। अनचाहे बोल बोलकर रिश्तों में दरार पड़ती है। अतः इस सप्ताह अनावश्यक बातों को टालने और सदा आशावादी व प्रेरणा देनेवाले शब्दों का इस्तेमाल करने का इरादा रखें।

१७. व्यसन (गलत आदत) छोड़ने का संकल्प : इंसान पहले कुछ आदतें बनाता है, बाद में वे आदतें इंसान को बनाती हैं। इसलिए गलत आदतों को तोड़ने का इरादा रखें। सिगरेट, शराब, जुआ आदि व्यसनों के साथ-साथ दूसरों का मज़ाक उड़ाना, ज़्यादा टी.वी. या मोबाइल देखना आदि गलत आदतों से मुक्त होने का इन्टेन्शन लें।

१८. हर वस्तु अपनी जगह पर रखने का संकल्प : बिना अनुशासन के इंसान कमाई हुई कामयाबी भी गँवा देता है। इसलिए इन्टेन्शन लें कि हर चीज़ के लिए एक निर्धारित स्थान हो और हर चीज़ अपने स्थान पर हो। वस्तुएँ ढूँढ़ने में समय व्यर्थ न जाए इसलिए यह इन्टेन्शन लेकर अपना कीमती समय बचाएँ।

१९. पैसों की बचत करने का संकल्प : मनन करें कि कहाँ और कैसे पैसों की बचत की जा सकती है। इस सप्ताह पैसे खर्च करते वक्त अपने आपसे पूछें, 'ज कि च?' यानी 'यह मेरी ज़रूरत है या चाहत।' पैसों को इस्तेमाल करने के लिए सही नियोजन करने का इन्टेन्शन रखें।

२०. आत्मपरीक्षण करने का संकल्प : आत्मपरीक्षण यानी हर घटना में अपने आपको देखना। हर रात सोते वक्त पूरे दिन को देख डालें या मोटी-मोटी घटनाओं को याद करें। अपनी गलतियाँ, क्रोध, नफरत, ईर्ष्या, अहंकार, भय, चिंता आदि वृत्तियों का परीक्षण करें। अपने आपसे आँख न चुराएँ, गंभीरता से आत्मपरीक्षण करें। यह आदत हमारे अंदर के गुणों और अवगुणों का दर्शन करवाती है।

२१. डायरी लिखने (कलमबद्धता) का संकल्प : दिनभर में मिली सफलता-असफलता, गलतियाँ, अच्छे सुझाव, शुभ विचार और कार्य होशपूर्वक डायरी में लिखें। डायरी लिखना आत्मविकास के लिए एक सुंदर आदत है। आनेवाले कार्य व चुनौतियाँ, जो आप अपनी उन्नति करने और बाधाओं को हटाने के लिए करेंगे, उन्हें डायरी में लिखने का इरादा रखें।

२२. सकारात्मक संवाद दोहराने का संकल्प : इस पूरे सप्ताह में खुद को सकारात्मक स्वसंवादों से भर दें। अर्थात जो गुण आपको चाहिए, उन्हें विश्वास के साथ मन ही मन दोहराएँ। उसमें रिदम होगा तो वे अंतर्मन की गहराई तक पहुँचेंगे।

२३. **चिंता का उपवास करने का संकल्प** : हर दिन एक समय निर्धारित करके उस समय में कितनी भी भयंकर घटना या समस्या आए, उन पर चिंता न करें। वह समय खत्म होने के बाद चाहे तो चिंता कर सकते हैं। मगर धीरे-धीरे चिंता के उपवास का समय बढ़ाते जाएँ ताकि आप अपने आपमें बिना चिंता के जीवन जीने की आदत डाल पाएँ।

२४. **अपनी साँस पर काम करने का संकल्प** : आपके अंदर चलनेवाली साँस कृपा है। यदि यकीन न हो तो किसी मरते हुए को साँस के लिए लड़ते हुए देखें। ग्रुप में प्राणायाम या साँस से संबंधित मेडिटेशन करने का इन्टेन्शन लें। ज़्यादा से ज़्यादा लंबी साँस लेने की आदत विकसित करें। जब भी नकारात्मक विचार आए या दिनभर में जब भी याद आए तब लंबी साँस लें। इससे आप नकारात्मक विचारों से छुटकारा और स्वास्थ्य दोनों पाएँगे।

२५. **निरंतरता रखने का संकल्प** : किसी भी कार्य को अंजाम तक पहुँचाने के लिए निरंतरता ज़रूरी है। इस सप्ताह जो भी कार्य शुरू किए जाएँ, उन्हें निरंतरता से पूर्ण करने का इन्टेन्शन लें। संघ में हमेशा निरंतरता रखें क्योंकि निरंतरता ही सफलता की कुंजी है।

२६. **थोड़ा मगर आज करने का संकल्प**: सुस्ती के रहते इंसान वह कभी नहीं कर पाता, जो वह कर सकता है। इससे उसके अंदर की सभी शक्तियाँ सोई रह जाती हैं। जो काम आज करना है, उसे आज ही करें। वरना तमोगुण के कारण इंसान कार्यों को आगे धकेलता रहता है। इन्टेन्शन लेकर हर कार्य थोड़ा सा मगर आज ही पूर्ण करें।

इस तरह के इन्टेन्शन्स रखकर काम करने से संघ के सदस्यों का आत्मविश्वास बढ़ता है और सभी कार्य सहजता से सफल होते हैं।

परिशिष्ट
अपने साथ संघ

भाग - 20

मन के साथ संग

कहते हैं, 'मन चंगा तो कठौति में गंगा'। इसका अर्थ मन स्वस्थ है तो शांति पाने के लिए किसी तीर्थस्थान पर जाने की आवश्यकता नहीं है। परंतु मन हमेशा शांत नहीं रह पाता, मन की अवस्था प्रतिपल बदलते रहती है।

बाहर की घटना उसकी अवस्था पर प्रहार करती है। वह सकारात्मक और नकारत्मक विचारों के बीच झुलते रहता है। अर्थात कभी सुसंग या कभी कुसंग में जाते रहता है।

इंसान का मन जब गलत विचारों के संघ में ज़्यादा समय तक रहता है... जब वह विवेक का साथ छोड़ क्रोध, ईर्ष्या, लोभ-लालच जैसे विकारों का हाथ थाम लेता है तब ऐसे में मन का संग, कुसंग हो जाता है, जो नकारात्मकता को जन्म देता है।

अत: मन के साथ सु-संघ बनाने के लिए तथा मन से विकारों को दूर करने के लिए प्रार्थना से शुरुआत करें। प्रार्थना एक ऐसा मरहम है, जो विचारों को शांत करता है।

आइए, मन को आलग-अलग विकारों के कुसंग से कैसे बचाए, इसे विस्तार से जानें :

१. कु-संघ- ईर्ष्या के विचार :

किसी की दौलत, पद, कामयाबी या गुण देखकर जलन होना ईर्ष्या है। 'जो दूसरों के पास है, वह मेरे पास क्यों नहीं', इस भावना से इंसान रात-दिन पीड़ित रहता है। जैसे- 'मेरे ऑफिस के कलीग के पास कार आ गई... फलाँ ने बंगला खरीद लिया... वे मुझसे ज़्यादा कामयाब कैसे हुए?... वे मुझसे कम काम करते हैं, फिर भी मुझसे आगे कैसे हैं?' ऐसे विचारों और भावनाओं का संघ कुसंघ है।

सु-संघ- धन्यवाद के भाव और स्वसंवाद :

आपके पड़ोसी, मित्र या सहकर्मी की बरकत पर जब आप खुश हो जाते हैं तब आपको भी बरकत मिलने की संभावना बढ़ जाती है। यही बात गुणों के साथ भी लागू होती है। सामनेवाले में जो गुण हैं, वह यदि आप अपने भीतर लाना चाहते हैं तो उनसे ईर्ष्या करने की बजाय उनकी सराहना करें। ईश्वर को धन्यवाद दें कि आपके जीवन में ऐसे सद्गुणी लोग आए हैं। अपने अंदर से असुरक्षा की भावना निकाल दें क्योंकि सामनेवाले का गुण आपकी भी संभावना दर्शाता है। इस भाव से आपकी भी योग्यता बढ़ने का द्वारा खुल जाता है। इससे वे सारी चीज़ें आपके जीवन में आने लगेंगी, जो आप चाहते हैं। साथ ही आपको जो मिल चुका है, उसके लिए भी कृतज्ञता का भाव रखें।

२. कु-संघ- क्रोध :

कुछ लोगों का स्वभाव गुस्सैल होता है। क्रोध का अहंकार के साथ सीधा संबंध है। अगर किसी कारणवश अहंकार को चोट पहुँचती है तो क्रोध आता है। कुछ लोगों का क्रोध बहुत लंबे समय तक सुप्त पड़ा रहता है। फिर एक दिन किसी छोटी बात को लेकर ज्वालामुखी की तरह फूट पड़ता है। क्रोधी इंसान के आस-पास का वातावरण, रिश्ते-संबंध सब तनावपूर्ण रहते हैं।

सु-संघ- समझ और स्वसंवाद :

मन में उठे क्रोध को शांत करने के लिए 'जाप' एक रामबाण उपाय है। क्रोध आने पर 'प्रेम, आनंद, मौन' के जाप से उसे शांत करते जाएँ। क्रोध रूपी कु-संघ को समाप्त करने के लिए क्रोध से कहें, 'मैं तुम्हारे नहीं बल्कि प्रेमोद (प्रेम, आनंद,

मौन) के पक्ष में हूँ। मैंने अनजाने में तुम्हें पनाह दी है मगर यह मत समझना कि मैंने तुम्हें चुना है। मैं प्रेमोद के साथ रहना चाहता हूँ क्योंकि प्रेमोद में प्रेम, मौन और आनंद है।' इस तरह अपने अंदर क्रोध का विपरीत, भाव 'प्रेमोद' जगाएँ ताकि प्रेम से हर प्रतिसाद दिया जाए तथा क्रोध से मुक्ति का आनंद मिले।

३. कु–संघ– लोभ, लालच :

आपने सुना होगा, 'लालच बुरी बला है' क्योंकि लालच के कारण इंसान और भी कई कुसंग पाल लेता है। जैसे लालचवश रिश्वतखोरी करना, फिर झूठ बोलकर उस पर परदा डालना, काम में बेईमानी करना, दूसरों पर इल्जाम लगाना आदि। ऐसा इंसान डर–डरकर जीने लगता है। इतने सारे कुसंग अंत में उसे कहीं का नहीं छोड़ते।

सु-संघ- विश्वास रखें :

जब इंसान को 'ईश्वर' पर तथा 'सब कुछ भरपूर है', इस बात पर विश्वास नहीं होता तब उसके मन में लोभ या लालच की भावना प्रबल होती है। जो परमात्मा एक चींटी के लिए दाने की और एक हाथी के लिए भोजन की व्यवस्था कर सकता है, समुंदर की तह में रहनेवाले जीवों का खयाल रख सकता है, जो पूरे संसार को चला रहा है, क्या उसे आपकी चिंता नहीं होगी? यकीनन वह आपके बारे में भी सोचेगा। भरोसा रखें, आपकी ज़रूरतें आप तक आने ही वाली हैं। ज़्यादा की चाह या लालच रखने की आवश्यकता नहीं है। लालच यदि बीमारी है तो ईश्वर या कुदरत पर विश्वास उसका इलाज़ है।

४. कु–संघ– इच्छा (कामना) :

इच्छा या कामना, एक ऐसी मृग तृष्णा है जो पूर्ण होने पर खुशी का आभास देती है, असलियत में होती नहीं है। जैसे रेगिस्तान में अकसर थके–हारे, प्यासे को पानी दिखने का आभास होता है, जो पास जाने पर गायब हो जाता है। इच्छापूर्ति से उत्पन्न खुशी, दूसरी इच्छा जगते ही तुरंत गायब हो जाती है।

सु-संघ - अव्यक्तिगत इच्छा रखें :

साधारणतः लोगों का सवाल होता है कि 'इच्छा रखें या न रखें?' जिसका जवाब है- इच्छा ज़रूर रखें मगर इच्छा से चिपकाव न हो। इससे इच्छा पूर्ण न होने पर दुःख नहीं होगा और पूर्ण होने पर अहंकार नहीं जगेगा।

इससे उच्च पहलू है- इच्छा रखनी ही है तो सबके लिए रखें, अव्यक्तिगत इच्छा रखें। विश्व में प्रेम-आनंद-शांति की इच्छा रखें। यह प्रार्थना करें कि 'मैं बहुताय-हिताय में यकीन रखता हूँ... कुदरत में सब कुछ भरपूर है इसलिए सभी को बेहतरीन चीज़ें मिलें... सभी का मंगल हो... तेज मंगल हो।'

ये कुछ कुसंघ के इलाज में सही संघ के उदाहरण थे। ऐसे और भी विकार हैं, जिनके कुसंग से बचकर आप समझ के द्वारा सु-संघ प्राप्त कर सकते हैं। जहाँ अविश्वास है, वहाँ विश्वसनीयता तैयार करें। जहाँ डर है, वहाँ भयमुक्त होकर साहसी बनें।

डर के विचारों को सामने लाकर घोषणा करें- 'मैं विश्वास, शांति, निर्भयता और साहस के पक्ष में हूँ।'

बोरडम के विचारों को सामने लाकर कहें, 'मैं उत्साह के पक्ष में हूँ... मैं आनंद से भरपूर हूँ... बोर होने के लिए मेरे पास समय ही नहीं है!' इससे बोरडम के विचारों की पकड़ ढीली होगी।

अहंकारभरे विचारों का दर्शन कर, उन्हें सामने लाकर कहें, 'अब तक मैं तुम्हारा काम कर रहा था इसलिए तुम्हें लग रहा था कि मैं तुम्हारे पक्ष में हूँ मगर मैं वह सब अज्ञानवश कर रहा था। वास्तव में मैं विनम्रता, आदर, सम्मान के पक्ष में हूँ।'

जब भी मन पर विकारों का हमला होने लगे तब अपने भीतर स्वसंवाद दोहराएँ, प्रार्थना करें। विकारों के विरुद्ध सकारात्मक कदम उठाएँ। मन को कुसंग के विचारों से बचाएँ और सु-संघ में रहना शुरू करें। इससे मन का विकारों के साथ का संघ धीरे-धीरे कम होता जाएगा तथा प्रेम, आनंद और शांति का संघ बढ़ता जाएगा। ऐसा मन न केवल आपका बल्कि आपके आस-पास के लोगों का जीवन भी महकाएगा।

भाग - 21

अपने असली स्वरूप के साथ संघ

पृथ्वी जगत का सबसे श्रेष्ठ संघ है- अपने सच्चे स्वरूप के साथ संघ। इंसान यदि इस संघ का साथ कर ले तो वह अन्य किसी भी संघ में आसानी से घुलमिल जाएगा।

इंसान अपने आपको शरीर मानकर ही जीता है और उसी मान्यता में पृथ्वी से चला जाता है। यदि वह स्वअनुभव से जान जाए कि उसका सच्चा स्वरूप चेतना है, मनोशरीर यंत्र (शरीर और मन) तो उसे मिला हुआ एक साधन मात्र है, जिसके ज़रिए चेतना कार्य संपन्न करती है तो फिर जीवन के प्रति उसका नज़रिया ही बदल जाएगा। इस मनोशरीर यंत्र का जब चेतना के साथ संघ बनेगा तो वह सर्वोच्च संघ होगा।

अपने सच्चे स्वरूप को जानने के बाद इंसान दूसरों में भी वही चेतना देखने लगेगा। लोगों से व्यवहार करते हुए उसका अहंकार बीच में नहीं आएगा। उसके कार्य अव्यक्तिगत बन जाएँगे और श्रेय लेने की उसकी चाहत भी खत्म हो जाएगी। असुरक्षितता, डर, क्रोध, लालच सब

काफूर हो जाएँगे। उसके सारे कर्म निष्काम भाव से होने लगेंगे। उसकी मानसिक व शारीरिक सीमाएँ टूट जाएँगी।

स्वयं के सच्चे स्वरूप की पहचान पाने के लिए इस प्रचलित कहानी का सहारा लेते हैं।

एक चरवाहा था, जो अपनी भेड़-बकरियों को हर रोज पहाड़ी पर चराने के लिए ले जाया करता था। शाम ढलते ही वह सभी जानवरों को इकट्ठा करके घर लौट आता था।

एक दिन शाम को घर लौटते वक्त रास्ते में उसे शेर का एक नन्हा सा बच्चा घायल अवस्था में पड़ा मिला। चरवाहा उसे उठाकर अपने घर ले आया। उसकी मरहम-पट्टी की। कुछ ही दिनों में वह पूरी तरह से ठीक हो गया। अब शेर का बच्चा भी उसके साथ हर रोज़ पहाड़ी पर जाता और उसके साथ लौट आता।

शेर का बच्चा चरवाहे और उसकी भेड़-बकरियों के साथ ही पल-बढ़ रहा था। इसलिए न चरवाहे को, न ही उसकी बकरियों को उसका डर था। किंतु कभी-कभी जब शेर का बच्चा स्वयं को पानी में देखता तो उसे विचार आता, 'मैं भेड़-बकरियों से अलग क्यों दिखता हूँ? घास खाकर मुझे संतुष्टि क्यों नहीं होती?' दिन बीतते गए मगर शेर के बच्चे को उसके सवालों के जवाब नहीं मिले।

एक दिन अचानक पहाड़ी के पीछेवाले जंगल से एक शेर आया। चरवाहे की भेड़-बकरियाँ अपने प्राण संकट में देखकर यहाँ-वहाँ भागने लगीं। उन्हें देखकर शेर का बच्चा भी डर के मारे भागने लगा। शेर को आश्चर्य हुआ। उसने छोटे शेर को धर-दबोचा और दहाड़कर पूछा, 'तुम क्यों भाग रहे हो?' तब शेर का बच्चा डर के मारे बकरियों की तरह मिमियाने लगा। शेर ने उसे समझाने की कोशिश कि 'तुम बकरी नहीं हो, मेरी तरह शेर हो, तुम्हें डरने की ज़रूरत नहीं।' मगर शेर का बच्चा मानने को तैयार ही नहीं हुआ। आखिर शेर उसे वहीं छोड़कर चला गया।

दूसरे दिन शेर अपने मुँह में माँस का एक टुकड़ा ले आया और छोटे शेर को खाने के लिए दिया। जैसे ही छोटे शेर ने माँस का स्वाद चखा, उसके भीतर से एक ज़ोरदार दहाड़ निकली। अब वह रोज शेर से मिलने लगा। धीरे-धीरे उसने अपने असली स्वरूप को पहचान लिया। उसने जाना कि वह शेर है, जिसके गरजने से सभी थरथराते हैं।

इस कहानी में शेर- गुरु का प्रतीक है, शेर का बच्चा- सत्य के प्यासे खोजी का और भेड़-बकरियाँ प्रतीक हैं- मान्यताओं का।

जिस तरह शेर का बच्चा भेड़-बकरियों के साथ रहते-रहते खुद को भूल गया, इसी तरह इंसान भी अपने आपको शरीर मानकर अपना अस्तित्व भूल जाता है। अगर वह खुद को शरीर से परे जान ले तो वह व्यक्तिगत सीमाओं से ऊपर उठ जाए। उसका जीवन सफल हो जाए, पृथ्वी पर आने का उसका उद्देश्य पूरा हो जाए।

आइए, अब भगवान बुद्ध की पंक्तियों द्वारा तीन कदम समझते हैं, जो हमें अपने सच्चे स्वरूप पर लौटाते हैं।

१ बुद्धं शरणं गच्छामि।

२ धम्मं शरणं गच्छामि।

३ संघं शरणं गच्छामि।

बुद्धं शरणं गच्छामि- गुरु का संघ

इस मंत्र का अर्थ है, 'मैं बुद्ध की शरण में जाता हूँ।' 'बुद्ध' शरीर को दिया गया नाम नहीं है बल्कि यह ऐसी अवस्था है, जिसे आत्मबोध, स्वबोध, आत्मसाक्षात्कार या मोक्ष कहा जाता है। जिन शरीरों में बुद्धत्व की अवस्था आती है, उनके द्वारा लोककल्याण, जीवकल्याण के लिए मार्गदर्शन दिया जाता है। वे गुरु का किरदार निभाते हैं।

गुरु, शिष्य के लिए स्वज्ञान प्राप्ति में प्रेरणा बनते हैं वरना बिना स्वज्ञान के इंसान बिलकुल उस पक्षी की भाँति है, जो पंख होते हुए भी उड़ नहीं सकता।

बाहरी जगत् में विज्ञापनों व फिल्मों द्वारा माया का प्रचार व प्रसार लगातार चल ही रहा है। लोग सहज ही उसके प्रति आकर्षित हो जाते हैं। इस आकर्षण को तोड़ने और माया से खुद को बचाने के लिए गुरु के सान्निध्य में रहना आवश्यक है।

धम्मं शरणं गच्छामि- अपने असली स्वरूप के साथ संघ

'धम्मं शरणं गच्छामि' यानी अपने धर्म के प्रति समर्पित होना। धर्म का अर्थ है- आप जो हकीकत में हैं... आपका असली स्वरूप... आपका असली स्वभाव। अर्थात स्वयं को जानकर, 'मैं हूँ' के एहसास में रहते हुए जीवन जीना।

साधारणतः धर्म इस शब्द को संप्रदाय, पंथ, रीति-रिवाज, प्रथाएँ, कर्मकाण्ड, त्योहारों से जोड़ा जाता है मगर ये सारी बातें ऊपरी आवरण मात्र हैं। इस आवरण के भीतर छिपा तत्त्व 'मैं हूँ' का एहसास, चेतना का अनुभव ही मूल धर्म है। जिसे सिर्फ ऊपरी तौर पर नहीं सुनना है बल्कि धारण करना है, उसी के अनुसार जीना है। धर्म की केवल बातें नहीं करनी हैं बल्कि उसका ज़्यादा से ज़्यादा अभ्यास कर, अपने जीवन में उतारना है।

ध्यान रहे, सत्य के बारे में सुनना और सत्य सुनना, ये दो अलग बातें हैं। इसलिए सालों-साल सत्य की बातें जानते हुए भी लोगों के जीवन में परिवर्तन नहीं होता। वे अपने असली स्वरूप को जान नहीं पाते। परंतु सत्संग और गुरु के ज्ञान से जब 'मैं शरीर हूँ' की गहरी मान्यता पर प्रहार होता है तब इंसान की गलत आदतें, वृत्तियाँ टूटती हैं और वह स्व संघ में स्थित हो जाता है।

अपने साथ संघ बनाएँ यानी अपने वास्तविक स्वरूप- ईश्वर, अल्लाह, स्वसाक्षी, निराकार, एकम् के साथ संघ बनाएँ। स्व-संघ में रहनेवाले इंसान का पूरे ब्रह्मांड के साथ संघ बन जाता है। वह संपूर्ण ब्रह्मांड का ज्ञाता बन जाता है, उसे संपूर्ण बोध की प्राप्ति होती है।

संघं शरणं गच्छामि- सत्यसंघ

इंसान के कई संघ होते हैं जैसे- ऑफिस का संघ, मित्रों का संघ, परिवार का संघ, खिलाड़ियों का संघ आदि । ये सभी उसके अंदर क्या निर्माण करते हैं- 'सत्य प्राप्ति की चाहत या माया का आकर्षण?' इनके बीच रहते हुए इंसान माया और विकारों में ही बह जाता है। वे उसे सत्य की नहीं बल्कि माया की याद दिलाते हैं। उच्चतम संघ का लाभ प्राप्त करने के लिए सत्संग एक शक्तिशाली मार्ग है।

सत्य का संघ यानी सत्संग की शरण में जाना, जहाँ अनेक लोग एक साथ मिलकर सत्य की राह पर चलते हैं। अपनी असली पहचान पाना चाहते हैं। सत्संग ऐसा संघ है, जो इंसान को हर कुसंग से दूर रखता है और अपनी खोज जारी रखने की प्रेरणा देता है।

सत्य संघ में यह ध्यान रखना आवश्यक है कि वह संघ गुरु की शिक्षाओं पर चले, वहाँ जीवन के सत्य को उजागार किया गया हो। लोग ध्यान, पठन और श्रवण द्वारा सत्य प्राप्त करने के मार्ग पर ही चलें। अन्यथा सत्संग में भी यदि कोई माया

की ही बातें करें तो सत्संग को क्लब बनने में देर नहीं लगती।

इंसान जब सत्संग से जुड़ता है तब उसे अपनी असली पहचान मिलने लगती है। धीरे-धीरे उसमें जागृति आने लगती है कि वह कौन है और इस पृथ्वी पर क्यों आया है। सत्संग में उसे गुरु मिलते हैं, जो उसे उसके असली स्वरूप की याद दिलाते हैं। गुरु के संघ में रहने पर ही उसे अपनी वास्तविकता पता चलती है... उसकी उच्चतम संभावनाएँ खुलती हैं और वह अपने असली स्वरुप का संघ पाता है।

● ● ●

यह पुस्तक पढ़ने के बाद आप अपना अभिप्राय (विचार सेवा) इस पते पर भेज सकते हैं ...
Tejgyan Global Foundation, Pimpri Colony Post office, P.O. Box 25, Pune - 411 017. Maharashtra (India).

सरश्री अल्प परिचय

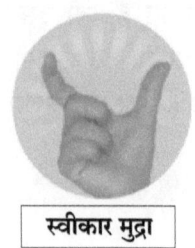

स्वीकार मुद्रा

सरश्री की आध्यात्मिक खोज का सफर उनके बचपन से प्रारंभ हो गया था। इस खोज के दौरान उन्होंने अनेक प्रकार की पुस्तकों का अध्ययन किया। अपने आध्यात्मिक अनुसंधान के दौरान उन्होंने लगभग सभी ध्यान पद्धतियों का भी अभ्यास किया। उनकी इसी खोज ने उन्हें कई वैचारिक और शैक्षणिक संस्थानों की ओर बढ़ाया। जीवन का रहस्य समझने के लिए उन्होंने **एक लंबी अवधि तक मनन करते हुए अपनी खोज जारी रखी, जिसके अंत में उन्हें आत्मबोध प्राप्त हुआ।** आत्मसाक्षात्कार के बाद उन्होंने जाना कि **अध्यात्म का हर मार्ग जिस कड़ी से जुड़ा है वह है– समझ (अंडरस्टैण्डिंग)।** उसके बाद उन्होंने अपने तत्कालीन अध्यापन कार्य को विराम लगाते हुए, लगभग दो दशकों से भी अधिक समय अपना समस्त जीवन मानवजाति के कल्याण और उसके आध्यात्मिक विकास हेतु अर्पण किया है।

सरश्री कहते हैं, 'सत्य के सभी मार्गों की शुरुआत अलग-अलग प्रकार से होती है लेकिन सभी के अंत में एक ही समझ प्राप्त होती है। **'समझ' ही सब कुछ है और यह 'समझ' अपने आपमें पूर्ण है।** आध्यात्मिक ज्ञान प्राप्ति के लिए इस 'समझ' का श्रवण ही पर्याप्त है।' इसी समझ को उजागर करने के लिए उन्होंने आज तक **तीन हज़ार से अधिक आध्यात्मिक विषयों पर प्रवचन दिए हैं,** जिनके द्वारा वे अध्यात्म की गहरी संकल्पनाएँ सीधे और व्यावहारिक रूप में समझाते हैं। समाज के हर स्तर का इंसान सरश्री द्वारा बताई जा रही समझ का लाभ ले सकता है।

यह समझ हरेक को अपने अनुभव से प्राप्त हो इसलिए सरश्री ने **'महाआसमानी परम ज्ञान शिविर'** और उसके लिए आवश्यक कार्यप्रणाली (सिस्टम) की रचना की है, **जिसका लाभ लाखों खोजी ले रहे हैं।** यह व्यवस्था आय.एस.ओ. (ISO 9001:2015) प्रमाणित है, जिसने अनेक लोगों को सत्य की राह पर चलने की प्रेरणा दी है। इसी समझ

के प्रचार और प्रसार के लिए उन्होंने 'तेजज्ञान फाउण्डेशन' नामक आध्यात्मिक संस्था की नींव रखी है। इस संस्था का मुख्य उद्देश्य है- **'हॅपी थॉट्स द्वारा उच्चतम विकसित समाज का निर्माण'**।

विश्व का हर इंसान आज सरश्री के मार्गदर्शन का लाभ ले सकता है, जिसके लिए किसी भी धर्म, जाति, उपजाति, वर्ण, पंथ, रंग या लिंग का बंधन नहीं है। विश्व के हर कोने में बसे लोग आज तेजज्ञान की इस अनूठी ज्ञान प्रणाली (System for Wisdom) का लाभ ले रहे हैं। इस व्यवस्था के एक हिस्से के रूप में **लाखों लोग रोज़ सुबह और रात को ९ बजकर ९ मिनट पर विश्व शांति के लिए प्रार्थना करते हैं।**

सरश्री को **बेस्टसेलर पुस्तक 'विचार नियम' श्रृंखला के रचनाकार** के रूप में भी जाना जाता है, जिसकी **१ करोड़ से ज़्यादा प्रतियाँ केवल ५ सालों** में वितरित हो चुकी हैं। इसके अलावा उन्होंने विविध विषयों पर **१०० से अधिक पुस्तकों का लेखन** किया है, जिनमें से 'विचार नियम', 'स्वसंवाद का जादू', 'स्वयं का सामना', 'स्वीकार का जादू', 'निःशब्द संवाद का जादू', 'संपूर्ण ध्यान' आदि पुस्तकें बेस्टसेलर बन चुकी हैं। ये पुस्तकें दस से अधिक भाषाओं में अनुवादित की जा चुकी हैं और प्रमुख प्रकाशकों द्वारा प्रकाशित की गई हैं, जैसे पेंगुइन बुक्स, जैको बुक्स, मंजुल पब्लिशिंग हाऊस, प्रभात प्रकाशन, राजपाल एॅण्ड सन्स, पेंटागॉन प्रेस, सकाळ प्रकाशन इत्यादि।

तेजज्ञान फाउण्डेशन – परिचय

तेजज्ञान फाउण्डेशन आत्मविकास से आत्मसाक्षात्कार प्राप्त करने का एक रास्ता है। इसके लिए सरश्री द्वारा एक अनूठी बोध पद्धति (System for Wisdom) का सृजन हुआ है। इस पद्धति को अन्तर्राष्ट्रीय मानक ISO 9001:2015 के आवश्यकताओं एवं निर्देशों के अनुरूप ढालकर सरल, व्यावहारिक एवं प्रभावी बनाया गया है।

इस संस्था की बोध पद्धति के विभिन्न पहलुओं (शिक्षण, निरीक्षण व गुणवत्ता) को स्वतंत्र गुणवत्ता परीक्षकों (Quality Auditors) द्वारा क्रमबद्ध तरीके से जाँचा गया। जिसके बाद इन पहलुओं को ISO 9001:2015 के अनुरूप पाकर, इस बोध पद्धति को प्रमाणित किया गया है।

फाउण्डेशन का लक्ष्य आपको नकारात्मक विचार से सकारात्मक विचार की ओर बढ़ाना है। सकारात्मक विचार से शुभ विचार यानी हॅपी थॉट्स (विधायक आनंदपूर्ण विचार) और शुभ विचार से निर्विचार की ओर बढ़ा जा सकता है। निर्विचार से ही आत्मसाक्षात्कार संभव है। शुभ विचार (Happy Thoughts) यानी यह विचार कि 'मैं हर विचार से मुक्त हो जाऊँ।' शुभ इच्छा यानी यह इच्छा कि 'मैं हर इच्छा से मुक्त हो जाऊँ।'

ज्ञान का अर्थ है सामान्य ज्ञान लेकिन तेजज्ञान यानी वह ज्ञान जो ज्ञान व अज्ञान के परे है। कई लोग सामान्य ज्ञान की जानकारी को ही ज्ञान समझ लेते हैं लेकिन असली ज्ञान और जानकारी में बहुत अंतर है। आज लोग सामान्य ज्ञान के जवाबों को ज़्यादा महत्त्व देते हैं। उदाहरण के तौर पर कर्म और भाग्य, योग और प्राणायाम, स्वर्ग और नर्क इत्यादि। आज के युग में सामान्य ज्ञान प्रदान करनेवाले लोग और शिक्षक कई मिल जाएँगे मगर इस ज्ञान को पाकर जीवन में कोई बड़ा परिवर्तन नहीं होता। यह ज्ञान या तो केवल बुद्धि विलास है या फिर अध्यात्म के नाम पर बुद्धि का व्यायाम है।

सभी समस्याओं का समाधान है– तेजज्ञान। भय से मुक्ति, चिंतारहित व क्रोध से आज़ाद जीवन है– तेजज्ञान। शारीरिक, मानसिक, सामाजिक, आर्थिक और आध्यात्मिक उन्नति के लिए है– तेजज्ञान। तेजज्ञान आपके अंदर है, आएँ और इसे पाएँ।

यदि आप ऐसा ज्ञान चाहते हैं, जो सामान्य ज्ञान के परे हो, जो हर समस्या का समाधान हो, जो सभी मान्यताओं से आपको मुक्त करे, जो आपको ईश्वर का साक्षात्कार कराए, जो आपको सत्य पर स्थापित करे तो समय आ गया है तेजज्ञान को जानने का। समय आ गया है शब्दोंवाले सामान्य ज्ञान से उठकर तेजज्ञान का अनुभव करने का।

अब तक अध्यात्म के अनेक मार्ग बताए गए हैं। जैसे जप, तप, मंत्र, तंत्र, कर्म, भाग्य, ध्यान, ज्ञान, योग और भक्ति आदि। इन मार्गों के अंत में जो समझ, जो बोध प्राप्त होता है, वह एक ही है। सत्य के हर खोजी को अंत में एक ही समझ मिलती है और इस समझ को सुनकर भी प्राप्त किया जा सकता है। उसी समझ को सुनना यानी तेजज्ञान प्राप्त करना है। तेजज्ञान के श्रवण से सत्य का साक्षात्कार होता है, ईश्वर का अनुभव होता है। यही तेजज्ञान सरश्री महाआसमानी परम ज्ञान शिविर में प्रदान करते हैं।

महाआसमानी परम ज्ञान
शिविर परिचय और लाभ (निवासी)

क्या आपको उच्चतम आनंद पाने की इच्छा है? ऐसा आनंद, जो किसी कारण पर निर्भर नहीं है, जिसमें समय के साथ केवल बढ़ोतरी ही होती है। क्या आप इसी जीवन में प्रेम, विश्वास, शांति, समृद्धि और परमसंतुष्टि पाना चाहते हैं? क्या आप शारीरिक, मानसिक, सामाजिक, आर्थिक और आध्यात्मिक इन सभी स्तरों पर सफलता हासिल करना चाहते हैं? क्या आप 'मैं कौन हूँ' इस सवाल का जवाब अनुभव से जानना चाहते हैं।

यदि आपके अंदर इन सवालों के जवाब जानने की और 'अंतिम सत्य' प्राप्त करने की प्यास जगी है तो तेजज्ञान फाउण्डेशन द्वारा आयोजित 'महाआसमानी परम ज्ञान शिविर' में आपका स्वागत है। यह शिविर पूर्णतः सरश्री की शिक्षाओं पर आधारित है। सरश्री आज के युग के आध्यात्मिक गुरु और 'तेजज्ञान फाउण्डेशन' के संस्थापक हैं, जो अत्यंत सरलता से आज की लोकभाषा में आध्यात्मिक समझ प्रदान करते हैं।

महाआसमानी परम ज्ञान शिविर का उद्देश्य :

इस शिविर का उद्देश्य है, 'विश्व का हर इंसान 'मैं कौन हूँ' इस सवाल का जवाब जानकर सर्वोच्च आनंद में स्थापित हो जाए।' उसे ऐसा ज्ञान मिले, जिससे वह हर पल वर्तमान में जीने की कला प्राप्त करे। भूतकाल का बोझ और भविष्य की चिंता इन दोनों से वह मुक्त हो जाए। हर इंसान के जीवन में स्थायी खुशी, सही समझ और समस्याओं को विलीन करने की कला आ जाए। मनुष्य जीवन का उद्देश्य पूर्ण हो।

'मैं कौन हूँ? मैं यहाँ क्यों हूँ? मोक्ष का अर्थ क्या है? क्या इसी जन्म में मोक्ष प्राप्ति संभव है?' यदि ये सवाल आपके अंदर हैं तो महाआसमानी परम ज्ञान शिविर इसका जवाब है।

महाआसमानी परम ज्ञान शिविर के मुख्य लाभ :

इस शिविर के लाभ तो अनगिनत हैं मगर कुछ मुख्य लाभ इस प्रकार हैं–

* जीवन में दमदार लक्ष्य प्राप्त होता है। * 'मैं कौन हूँ' यह अनुभव से जानना (सेल्फ रियलाइजेशन) होता है। * मन के सभी विकार विलीन होते हैं। * भय, चिंता, क्रोध, बोरडम, मोह, तनाव जैसी कई नकारात्मक बातों से मुक्ति मिलती है। * प्रेम, आनंद, मौन, समृद्धि, संतुष्टि, विश्वास जैसे कई दिव्य गुणों से युक्ति होती है। * सीधा, सरल और शक्तिशाली जीवन प्राप्त होता है। * हर समस्या का समाधान प्राप्त करने की कला मिलती है। * 'हर पल वर्तमान में जीना' यह आपका स्वभाव बन जाता है। * आपके अंदर छिपी सभी संभावनाएँ खुल जाती हैं। * इसी जीवन में मोक्ष (मुक्ति) प्राप्त होता है।

महाआसमानी परम ज्ञान शिविर में भाग कैसे लें?

इस शिविर में भाग लेने के लिए आपको कुछ खास माँगें पूरी करनी होती हैं। जैसे-

१) आपकी उम्र कम से कम अठारह साल या उससे ऊपर होनी चाहिए।

२) आपको सत्य स्थापना शिविर (फाउण्डेशन ट्रुथ रिट्रीट) में भाग लेना होगा, जहाँ आप सीखेंगे- वर्तमान के हर पल को कैसे जीया जाए और निर्विचार दशा में कैसे प्रवेश पाएँ।

३) आपको कुछ प्राथमिक प्रवचनों में उपस्थित होना है, जहाँ आप बुनियादी समझ आत्मसात कर, महाआसमानी परम ज्ञान शिविर के लिए तैयार होते हैं।

यह शिविर एक या दो महीने के अंतराल में आयोजित किया जाता है, जिसका लाभ हज़ारों खोजी उठाते हैं। इस शिविर की तैयारी आप दो तरीके से कर सकते हैं। पहला तरीका- मनन आश्रम (पूना) में पाँच दिवसीय निवासी शिविर में भाग लेकर, दूसरा तरीका- तेजज्ञान फाउण्डेशन के नजदीकी सेंटर पर सत्य श्रवण द्वारा। जैसे- पुणे, मुंबई, दिल्ली, सांगली, सातारा, जलगाँव, अहमदाबाद, कोल्हापुर, नासिक, अहमदनगर, औरंगाबाद, सूरत, बरोडा, नागपुर, भोपाल, रायपुर, चेन्नई, वर्धा, अमरावती, चंद्रपुर, यवतमाल, रत्नागिरी, लातूर, बीड, नांदेड, परभणी, पनवेल, ठाणे, सोलापुर, पंढरपुर, अकोला, बुलढाणा, धुले, भुसावल, बैंगलोर, बेलगाम, धारवाड, भुवनेश्वर, कोलकत्ता, राँची, लखनऊ, कानपुर, चंदीगढ़, जयपुर, पणजी, म्हापसा, इंदौर, इटारसी, हरदा, विदिशा, बुरहानपुर।

इनके अतिरिक्त आप महाआसमानी की तैयारी फाउण्डेशन में उपलब्ध सरश्री द्वारा रचित पुस्तकें या यू ट्यूब के संदेश सुनकर भी कर सकते हैं। मगर याद रहे ये पुस्तकें, यू ट्यूब के प्रवचन शिविर का परिचय मात्र है, तेजज्ञान नहीं। आप महाआसमानी परम ज्ञान शिविर में भाग लेकर ही तेजज्ञान का आनंद ले सकते हैं। आगामी महाआसमानी परम ज्ञान शिविर में अपना स्थान आरक्षित करने के लिए संपर्क करें : 09921008060/75, 9011013208

महाआसमानी परम ज्ञान शिविर स्थान :

यह शिविर पुणे में स्थित मनन आश्रम पर आयोजित किया जाता है। इस शिविर के लिए भोजन और रहने की व्यवस्था की जाती है। यदि आपको कोई शारीरिक बीमारी है और आप नियमित रूप से दवाई ले रहे हैं तो कृपया अपनी दवाइयाँ साथ में लेकर आएँ। वातावरण अनुसार गरम कपड़े, स्वेटर, ब्लैंकेट आदि भी लाएँ।

'मनन आश्रम' पुणे शहर के बाहरी क्षेत्र में पहाड़ों और निसर्ग के असीम सौंदर्य के बीच बसा हुआ है। इस आश्रम में पुरुषों और महिलाओं के लिए अलग-अलग, कुल मिलाकर 700 से 800 लोगों के रहने की व्यवस्था है। यह आश्रम पुणे शहर से 17 किलो मीटर की दूरी पर है। हवाई अड्डा, हाइवे और रेल्वे से पुणे आसानी से आ-जा सकते हैं।

मनन आश्रम : मनन आश्रम, पुणे, सर्वे नं. ४३, सनस नगर, नांदोशी गाँव, किरकट वाडी फाटा, तहसील - हवेली, जिला : पुणे - ४११०२४. फोन : 09921008060

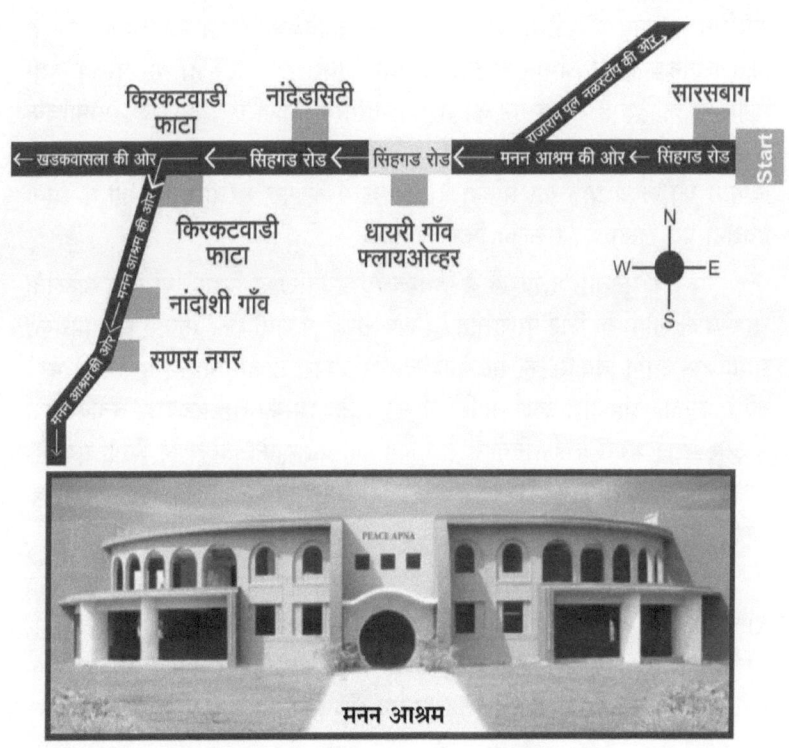

मनन आश्रम

सरश्री द्वारा रचित श्रेष्ठ पुस्तकें

संपूर्ण लक्ष्य

संपूर्ण विकास कैसे करें

Total Pages- 248 Price - 175/-

Also available in Marathi, English, Gujarati, Malayalam & Telugu

जीवन में लक्ष्य का निर्धारण अति आवश्यक है। बिना नियोजित लक्ष्य के अपेक्षित परिणाम की आशा ही व्यर्थ है। संपूर्ण विकास इंसान का लक्ष्य होता है किंतु जागरूकता के अभाव में लक्ष्य आधा-अधूरा रह जाता है। यह पुस्तक इसी विषय पर केन्द्रित है, जो इंसान को संपूर्ण, शारीरिक, मानसिक, आर्थिक, सामाजिक व आध्यात्मिक विकास की दिशा में मार्गदर्शन कराती है। जिससे वह स्वत: संपूर्ण विकास का लक्ष्य प्राप्त कर सकता है। पुस्तक में तेजगुरू सरश्री तेजपारखी के प्रेरक प्रवचनों एवं लेखों का संकलन किया गया है।

पुस्तक मुख्यत: ६ खण्डों में विभक्त है। प्रथम खण्ड विद्यार्थियों तथा सफलता चाहनेवाले लोगों के लिए प्रेरणास्रोत है। शेष खण्डों में शारीरिक, मानसिक, आर्थिक, सामाजिक आदि विकास के बारे में विस्तार से प्रकाश डाला गया है। पुस्तक में भय, क्रोध, चिंता, अंहकार, ईर्ष्या आदि को संपूर्ण विकास की राह का रोड़ा बताया गया है और सरल शब्दों में इन विकारों से मुक्ति पाने की युक्ति का वर्णन किया गया है। लक्ष्य त्रिकोण द्वारा जीवन को दिशा देकर कैसे संपूर्ण विकास का मार्ग तय किया जा सकता है, यह पुस्तक द्वारा विधिपूर्वक बताया गया है।

पुस्तक में वर्णित सरश्री के विचार लोक जीवन पर दूरगामी सकारात्मक प्रभाव डालनेवाले हैं। वैचारिक द्वंद्व में फँसे पाठक जिन समस्याओं से हताश हो गए हों, पुस्तक उन्हें उबारने में संजीवनी का काम कर सकती है। पुस्तक में प्रयुक्त भाषा सरल, गंभीर और बोधगम्य है, जिसे पाठक रुचिपूर्वक ग्रहण कर सकता है।

आत्मविश्वास सफलता का द्वार

How to gain Self Confidence

Total Pages- 192 Price - 150/-

Also available in English, Marathi, Malayalam, & Bengali

इस पुस्तक के माध्यम से पाठकों को उनके खोए आत्मविश्वास से मिलवाकर सफलता का जो मार्ग बंद हो गया था, उसे खोलने का प्रयास किया गया है। आत्मविश्वास इंसान के जीवन की सबसे प्रमुख आवश्यकताओं में से एक है। आत्मविश्वास वह गुण है, जो घटनाओं में जरूरी होता है और मुसीबत के समय में ज्यादातर उसकी परीक्षा होती है। आज के स्पर्धात्मक युग में सभी आत्मविश्वास का महत्त्व जानते हैं मगर उसकी परिभाषा और आत्मविश्वास कैसे बढ़ाया जाए इसका प्रशिक्षण बहुत कम लोगों को मिलता है।

दो खण्डों में विभाजित पुस्तक के पहले खंड में विश्वास का संपूर्ण ज्ञान दिया गया है। दूसरे खण्ड में आत्मविश्वास बढ़ाने का मार्ग बताया गया है। साथ ही इसमें तीन मन, तीन तरीके, तीन शक्तियाँ, तीन मुक्तियाँ, तीन कार्य योजनाएँ और तीन अंतिम कदम बताए हैं, जिनके जरिए आप अपने अंदर आत्मविश्वास ला सकते हैं।

अमल में लाने के बाद यह पुस्तक एक ऐसे चमत्कार की शुरुआत है, जिसके आधार पर आप अपने संपूर्ण जीवन को महान, खूबसूरत, आनंददायक और सफल बना सकते हैं। पुस्तक में आत्मविश्वास से संबंधित जीवन के अदृश्य पहलू को बहुत ही सहज, सरल और उपयुक्त भाषा में उजागर किया गया है। इस पुस्तक को पढ़ने से आपके आत्मविश्वास में चार चाँद (परम सफलता, आत्मनियंत्रण, आत्मप्रशिक्षण, आत्मप्रेरणा) और सात सूरज (धीरज, निडरता, आत्मसम्मान, निर्णायक सोच, रचनात्मकता, प्रवीणता, संकल्पशक्ति) लग जाएँगे तथा आप सफलता के नए पथ पर चल पड़ेंगे।

– तेजज्ञान इंटरनेट रेडियो –

२४ घंटे और ३६५ दिन सरश्री के प्रवचन और
भजनों का लाभ लें,
तेजज्ञान इंटरनेट रेडियो द्वारा। देखें लिंक
http://www.tejgyan.org/internetradio.aspx

हर रविवार सुबह १०.०५ से १०.१५ तक रेडियो
विविध भारती, एफ. एम. पुणे पर 'हॅपी थॉट्स कार्यक्रम'

www.youtube.com/tejgyan
पर भी सरश्री के प्रवचनों का लाभ ले सकते हैं।
For online shoping visit us - www.tejgyan.org,
www.gethappythoughts.org

पुस्तकें प्राप्त करने के लिए नीचे दिए गए पते पर मनीऑर्डर द्वारा पुस्तक का मूल्य भेज सकते हैं। पुस्तकें रजिस्टर्ड, कुरियर अथवा वी.पी.पी. द्वारा भेजी जाती हैं।
पुस्तकों के लिए नीचे दिए गए पते पर संपर्क करें।

* WOW Publishings Pvt. Ltd. रजिस्टर्ड ऑफिस-E-4, वैभव नगर, तपोवन मंदिर के नज़दीक, पिंपरी, पुणे- 411017
* पोस्ट बॉक्स नं. 36, पिंपरी कॉलोनी पोस्ट ऑफिस, पिंपरी, पुणे - 411017
फोन नं.: 09011013210 / 9623457873

आप ऑन-लाइन शॉपिंग द्वारा भी पुस्तकों का ऑर्डर दे सकते हैं।
लॉग इन करें - www.gethappythoughts.org
500 रुपयों से अधिक पुस्तकें मँगवाने पर 10% की छूट और फ्री शिपिंग।

e-mail
mail@tejgyan.com

website
www.tejgyan.org, www.gethappythoughts.org

- विश्व शांति प्रार्थना -

'पृथ्वी पर सफेद रोशनी (दिव्य शक्ति) आ रही है।
पृथ्वी से सुनहरी रोशनी (चेतना) उभर रही है।
विश्व से सारी नकारात्मकता दूर हो रही है।
सभी प्रेम, आनंद और शांति के लिए
खुल रहे हैं, खिल रहे हैं।'
विश्व के सभी लीडर्स आउट ऑफ बॉक्स सोच रहे हैं...
विश्व के सभी लीडर्स शांतिदूत बन रहे हैं
विश्व के सभी लीडर्स की इच्छा ईश्वर की इच्छा बन रही है! धन्यवाद

यह 'सामूहिक अव्यक्तिगत प्रार्थना' तेजज्ञान फाउण्डेशन के सदस्य पिछले कई सालों से निरंतरता से कर रहे हैं। खुश लोग यह प्रार्थना कर सकते हैं और बीमार, दुःखी लोग उस वक्त एक जगह बैठकर इस प्रार्थना को ग्रहण कर स्वास्थ्य लाभ पा सकते हैं।

यदि इस वक्त आप परेशान या बीमार हैं तो रोज़ सुबह या रात 9:09 को केवल ग्रहणशील होकर इस भाव से बैठें कि 'स्वास्थ्य और शांति की सफेद रोशनी जो इस वक्त प्रार्थना में बैठे कई लोगों द्वारा नीचे पृथ्वी पर उतर रही है, वह मुझमें भी अपना कार्य कर रही है। मैं स्वस्थ और शांत हो रहा हूँ।' कुछ देर इस भाव में रहकर आप सबको धन्यवाद देकर उठें।

तेजज्ञान फाउण्डेशन – मुख्य शाखाएँ

पुणे (रजिस्टर्ड ऑफिस)
विक्रांत कॉम्प्लेक्स, तपोवन मंदिर के नज़दीक,
पिंपरी, पुणे-४११ ०१७. फोन : 020-27411240, 27412576

मनन आश्रम
सर्वे नं. ४३, सनस नगर, नांदोशी गाँव, किरकटवाडी फाटा,
तहसील- हवेली, जिला- पुणे - ४११ ०२४.
फोन : 09921008060

e-books
•The Source •Complete Meditation
•Ultimate Purpose of Success •Enlightenment
•Inner Magic •Celebrating Relationships
•Essence of Devotion •Master of Siddhartha
•Self Encounter, and many more.
Also available in Hindi at www.gethappythoughts.org

e-magazines
'Yogya Aarogya' & 'Drushtilakshya'
emagazines available on www.magzter.com

www.ingramcontent.com/pod-product-compliance
Lightning Source LLC
LaVergne TN
LVHW041852070526
838199LV00045BB/1562
* 9 7 8 8 1 8 4 1 5 6 2 3 2 *